14 — IX — 92

" Jener Gott, der uns unter seinen Wolken
zum Leben erweckt, ist verrückt.
Ich weiß es, ich bin Gott. "

(G. Bataille)

Der lieben Bettina
mit den allerbesten Wünschen & in
Freundschaft, von

Roland.

Borel: Passereau, der Student

Aus Champavert, Contes immoraux, *1833*,
übersetzt von Eva-Maria Thimme

PÉTRUS BOREL

Passereau, der Student

1 · 9 · 9 · 0
EDITION SIRENE
BERLIN

I.

MEDICUSSE

Der eine glaubt daran, der andere nicht. – Was Albert bei Estelle findet. – Der Vicomte de Bagneux ist aus hygie‚ nischen Gründen unmoralisch. – Er speist auf Kosten des Adels. – Eine andere Kontroverse mit derselben These. – Philogène. – Inventar der beiden Medicusse.

GLÜCKLICHERWEISE, mein lieber Passereau, glaube ich überhaupt nicht an die Keuschheit der Frauen, andern‚ falls, mein Ehrenwort, hätte ich eine ganz schöne Pappnase im Gesicht.

– Was bist du doch für ein Gymnasiast, mein lieber Albert!

– Ich hatte schon von ferne meine Vermutungen: meine Jungfrau schien mir nicht sehr unbefleckt; ihre würdige Mutter schien mir eine heuchlerische Kupplerin zu sein; außerdem hatte ich bemerkt, daß das Stirn‚ oder Kranzbein ihres Schädels nur schwach entwickelt oder eher eingedrückt war, daß ihre Ohren, am Hinterkopf gemessen, enormen Abstand hielten, und daß ihr Kleinhirn, der ver‚ briefte Sitz der körperlichen Liebe, wie du weißt, eine außerordentliche Protuberanz bildete; außerdem hatte sie Schlitzaugen wie die antiken Venusfiguren, dazu klaffende, geschweifte Nasenflügel, ein untrügliches Zeichen des Hangs zur Wollust.

Heute früh also um sieben Uhr − nachdem ich recht lang an der Tür getrommelt hatte, öffnet man mir bestürzt, wirft sich mir in die Arme und bedeckt mein Gesicht mit Küssen: all das kam mir sehr nach einem Tuch im Blindekuh-Spiel vor, mit dem man mir die Augen verbinden wollte. − Beim Eintritt stieg mir die Witterung eines zweibeinigen Wildes in das Geruchsorgan − Potz Blitz! meine Schöne, was führst du hier für ein Lotterleben? Es riecht hier nach einem Manne...!

− Was redest du, mein Freund? Das ist nichts; vielleicht die verbrauchte Luft der Nacht! Ich werde die Fenster öffnen.

− Und diese angerauchte Zigarre...? Rauchen Sie Zigarre? Seit wann spielen Sie die Zigeunerin?

− Mein Freund, mein Bruder hat sie gestern abend vergessen.

− Soso, dein Bruder; er ist frühreif, in der Wiege raucht er, so ein Schlingel! Nimmt abwechselnd die Mutterbrust und die Zigarre, bravo!

− Meinen älteren Bruder mein' ich doch!

8

– Ausgezeichnet. Aber du benutzt jetzt einen Spazierstock mit goldenem Knauf? Nicht gerade der letzte Schrei!

– Das ist der Stock meines Vaters, den er gestern vergessen hat.

– Offenbar ist gestern die ganze Familie zusammengekommen? – Russische Stiefel . . .! Dein armer Vater hat sie gestern ohne Zweifel auch vergessen und ist barfuß nach Hause gegangen? Der arme Mann . . .!

Bei diesem letzten Hieb warf sich das edle Fräulein weinend mir zu Füßen, küßte meine Hände und rief:

– Ach, verzeih mir! Hör zu, ich flehe dich an! Mein Guter, ich will dir alles sagen; reg dich nicht auf!

– Ich rege mich überhaupt nicht auf, Madame, ich bin ganz ruhig und kaltblütig. Warum weinen Sie denn . . .? Ihr kleiner Bruder raucht, Ihr Vater vergißt seinen Stock und seine Stiefel, das ist nur sehr natürlich; warum, meinen Sie, sollte ich mich denn aufregen? Nein, glauben Sie mir, ich bin ruhig, ganz ruhig.

– Albert, Sie sind grausam! Gnade, verstoßen Sie mich nicht, ohne mich angehört zu haben;

9

wenn Sie wüßten! – Ich war rein, als ich keine Not litt. Wenn Sie wüßten, wohin Hunger und Elend zu treiben vermag . . .!

– Und die Faulheit, Madame!

– Albert, Sie sind grausam!

In diesem Augenblick brach im benachbarten Raum ein furchtbares Niesen los.

– Meine schöne Wölfin, sagen Sie, hat Ihr Vater gestern dieses Niesen vergessen? – Gnade, erbarmen Sie sich, es ist kalt, er wird sich erkälten, machen Sie ihm doch auf!

– Albert, Albert, ich flehe dich an, mach keinen Lärm im Haus; man wird mich hinauswerfen; ich würde als So-Eine angesehen! Ich bitte dich, mach mir keine Szene!

– Beruhigen Sie sich, Señora! Fürchten Sie keine Szene: wenn ich ein Drama veranstalte, wähle ich meine Helden selber aus.– Doch dieser werte Mit-arbeiter muß frieren, das ist unhöflich, darf ich ihm aufmachen? – Herr Abenteurer, treten Sie ein, ich bitte Sie, und lassen Sie sich durch mich nicht im mindesten stören! Sich ganz nackt in einem kalten Zimmer aufzuhalten bei solch hundsföttischem Wetter, Potztausend, mein Herr! So holt man sich noch die Pest auf den Hals!

– Mit welchem Recht, Herr Medicus, kommen Sie dazu, bei Sonnenaufgang ehrbare Leute zu belästigen?

– Bei Sonnenaufgang ... mit den Rosenfingern; der Herr liebt die Poesie, ein wenig klassisch, schade! Mit welchem Recht, sagten Sie...? Das wollte ich Sie gerade fragen. – Doch, einerlei, Sie können sich glücklich schätzen, aus diesem Schmierenstück so quicklebendig herauszukommen.

– Sapperlot, was reden Sie da?

– Nichts.

– Albert, Sie sind niederträchtig, mich so zu behandeln!

– Meine Schöne, Sie haben heute früh ein ziemlich loses Maul. – Nun, Herr Eindringling, fürchten Sie nichts und kleiden Sie sich an: Sie fragten mich soeben, wer ich wäre; sagen Sie mir zuerst, wer ich bin, und ich werde Ihnen beiden sagen, wer Sie sind! – Unsere Dreieinigkeit sieht nicht so recht heilig aus; und wir drei, wiewohl im Grunde höchst ehrbare Leute, geben alle ganz miserabel komische Figuren ab. – Sie, ein nächtlicher Herumtreiber, Madame eine Dirne und ich das, was man bei Hofe einen Galan und was Shakespeare einen Pandarus nennt. Doch was mich betrifft, so seien Sie ganz beruhigt und glauben Sie davon nichts: ich bin wie Lindor, ein einfacher Student. Albert de Romorantin, meine Familie ist bekannt. Ich hatte geglaubt, Madame besäße so etwas wie Scham, ich hatte ihr Liebe entgegengebracht; aber ich habe mich geirrt, Gold braucht sie, nicht wahr?

Dieser wackere Unbekannte war ein häßliches altersgraues Männchen, das wenig furchteinflößend, aber, meiner Treu, sehr betucht aussah.

– Mein lieber junger Freund, sagte er alsdann, Ihre Offenheit gefällt mir, Sie haben gute Manieren, ich sehe, daß Sie aus gutem Hause sind: wiewohl Sie im Recht sind, haben Sie mich nobel behandelt, lassen Sie uns Freundschaft schließen; ich selbst bin, flüsterte er mir leise ins Ohr, der Vicomte de Bagneux. Gestern bin ich Madame begegnet und gefolgt, ich ging zu ihr in die Wohnzng hinauf. Ich hätte es, so alt wie ich bin, nicht getan, wenn mein Arzt, Doktor Lisfranc, mir nicht ausdrücklich derlei intimen Umgang verordnet hätte, um eine Beklemmung und Blutandrang zu beheben.

– Doktor Lisfranc, mein Professor an der Klinik, o, bravo! – Madame, ich werde mich bei ihm in Ihrem Namen bedanken; er ist es, sehen Sie, der Ihnen eine so vornehme Kundschaft schickt. – Sie

12

ziehen also die Liebe den Wassern von Barège vor, Monsieur?

– Zu dieser Jahreszeit, ja. – Doch, mein lieber Studiosus, Sie sind zweifellos ebenso wie ich noch nüchtern; wäre es Ihnen genehm, im Palais Royal zu frühstücken? Ich lade Sie von Herzen gerne ein!

– Einen galanten Mann kann ich nicht zurück‹ weisen, Monsieur, ich bin Ihr Tischgenosse!

Estelle weinte.

– Gehen wir gleich, mein junger Freund!

– Aber haben Sie Madame schon entlohnt? Als Frau zahlt man auf den öffentlichen Brücken nicht; im Gegenteil, man bezahlt sie, sofern sie allgemein zur Verfügung steht.

– Albert, Sie sind niederträchtig!

– Leben Sie wohl, meine kleine Konkubine, ich bin Ihnen nicht böse wegen des Abenteuers, sagte der Vicomte zu Estelle mit gönnerhafter Miene.

– Leben Sie wohl, Rosenknospe! sagte ich nun meinerseits; leben Sie wohl, makellose Jungfrau, treuherziger und freimütiger Engel; leben Sie wohl, scheue Jungfer, leben Sie wohl, Schöne der Nacht!

– Lachen Sie nur, treten Sie mich in den Staub, Albert! Ich bin ja schuldig; doch seien Sie groß‹ zügig, Sie kommen doch heute abend wieder, nicht?

13

Ich werde Ihnen alles erzählen, ich werde Ihnen sagen, weshalb . . .

– Hol's der Teufel!

– Sie kommen wieder, Albert, ich bitte Sie!

– Mein Engel, wenn ich etwas Geld haben werde, sagen Sie mir Ihren Tarif?

Da sank Estelle ohnmächtig zu Boden; wir verließen das Haus.

– Was habe ich köstlich getafelt mit diesem galanten Mann! ich bin immer noch ganz ausgelassen, ich spüre noch, wie mein Verstand vom spanischen Wein benebelt ist.

– Albert, du sprichst das erstbeste Mädchen an, du holst dir die Liebe auf der Straße, und dann beklagts du dich?

– Nein, nein, ich beklage mich nicht, mein lieber Passereau!

– Ich wundere mich nicht weiter über deine schlechte Meinung von den Frauen, wenn du sie alle nach dieser Sorte da beurteilst. Das ist ganz genau so, als würde man vom verheulten Pariser Himmel auf das schöne Klima Frankreichs schließen.

– Nein, nein! Keineswegs lege ich in meinem Geist ihren inneren Wert auf Einzelbetrachtungen

14

fußend fest, sondern durch massenhafte Studien; ich weiß, woran ich bin. Ich habe, wie du, außerordentlich tugendhafte Frauen gekannt; ich weiß, aus welchem Stoff die Tugend ist, ich kenne Kette und Schuß, ich habe sie zerfasert.

– Wenn ich mir vorstelle, daß du das alles glaubst, würde ich böse werden! Aber du quasselst ja nur, oder vielmehr, dein Mittagessen und ⸗trinken quasselt. Außerdem gehört es zum guten Ton, sich frivol zu geben; es ist seit altersher üblich, die Frauen zu verleumden, man verleumdet sie eben. – Charles IX. waren Katzen leidenschaftlich zuwider: folglich fielen Hofschranzen, Kammerdiener, gerade bis hin zum letzten Bürger in Ohnmacht beim Anblick einer Mieze, um sich eine königliche Haltung, einen Hang zum Hof, höfisches Gehabe zu geben. Außerdem sind Katzen Verräter, untreu, Mörder, was weiß ich? sagt das Sprichwort, das so volkstümlich geworden ist wie der Kapitän Guilheri oder Marlborough. – Henri III. verabscheut das schöne Geschlecht, er braucht Lustknaben! Geschwind wollen alle, wie es sich gehört, ebenfalls Lustknaben, das schickt sich so; alle bis zum letzten Tölpel, der am Sonntag seinen Knaben bei sich hat und gegen

15

die Mädchen keift; aber Henri III., der liegt schon
lange zurück und ist alt. Die Verleumdung der
Frauen ist, wie das Madrigal, altmodisch, das
macht einen provinziellen Eindruck, weißt du?

— O Illusionen, Illusionen! Mein armer Passe=
reau, was bist du für ein Neuling: armer Junge,
du tust mir leid. Aus der letzten Landstreicherin,
der du begegnest, machst du sofort einen Stern,
eine Perle, eine Blume! Du läuterst sie, du machst
sie zu einer Heiligen. Du bist wirklich sehr ko=
misch. O Illusionen, Illusionen!

— Wenn es Illusionen sein sollten, flehe ich dich
an, sie mir nicht zu zerstören, das würde mich um=
bringen! Ach, was ist doch das Leben ohne sie?
Ein ausgepresster Schwamm, ein nacktes Skelett,
ein schmerzendes Nichts!

— Spötter!

— Siehst du, es sind die ersten Verbindungen
beim Eintritt ins Leben, die unserem Herzen,
unseren Gedanken für immer ihre Richtung ge=
ben. Du verachtest die Frauen, weil du nur ver=
achtenswerte Frauen kennengelernt hast oder
solche, die dir so vorkamen. Der Himmel hat es
so gefügt, daß ich auf meinem Weg überall nur
ausgesuchten Seelen begegnet bin, voller Ehre und

Tugend; ich beurteile das Unbekannte nach dem Bekannten. Wenn ich mich täusche – ist das ein Fehler? Laß mir meinen Irrtum: aber ehrlich, sag mir doch einmal: glaubst du nicht, daß meine Philogène ein aufrichtiger und natürlicher Mensch ist, eine ergebene Freundin, eine treue Geliebte? Oh, ich legte meine Hand ins Feuer...

– Nein, nein, Passereau, lege nichts ins Feuer! Seit wann bist du mit Philogène verbunden?

– Seit ungefähr zwei Monaten.

– Schön, ich gebe dir noch einen Monat, dann wirst du sehen, daß ich recht hatte; das ist gewöhnlich die Dauer, drei Monate.

– Albert, du beleidigst mich.

– Adieu, Passereau, in einem Monat...!

Dieses Gespräch führten wortwörtlich zwei Studenten, als sie die Rue St. Jacques heruntergingen; keine Windbeutel, sondern zwei muntere, junge, elegant gekleidete Männer, die eben mit einem dicken Buch unter dem Arm aus dem Hörsaal gekommen waren.

Der eine, Passereau, der Nachdenkliche, machte einen träumerischen und ruhigen Eindruck; er trug eine Tracht nach Art deutscher Studenten: die Haare lang wie Clodion le Chevelu, ein kleines

Barett, einen umgewendeten Kragen, einen schmalen und kurzen schwarzen Überrock, Sporen und
eine Nürnberger Pfeife; der andere, Albert, der
Gesprächige, war mitteilsam und gestikulierte heftig; sein grauer Hut auf einem Ohr, der rote, um
den Hals geschlungene Schal, der lange Gehrock
aus schwarzem Samt mit Metallknöpfen, die Blume
in seinem Mund und sein wiegender Gang gaben
ihm jenes Aussehen, jene Haltung, jenes anmutige
und verwegene Wesen, das man *cancan* nennt und
das die andalusischen *Majos* in bewunderungs-
würdigem Maße besitzen.

II.

MARIETTE

*Passereau begegnet einem Salamander. – Lehre des Salaman-
ders: er beweist, daß die Frauen die jungen Männer zu
Grunde richten und zu Deppen machen. – Mariette, die
Zofe. – Passereau ist artig. – Plumpe scholastische Scherze.
– Erste Verdächtigungen. – Botschaft des Obersten Vogtland. – Zank mit einem sehr aufgeregten Packer. – Eine
weitere Lehre.*

DIE beiden Studenten trennten sich
brüsk: im Grunde ihres Herzens be-
dauerten sich beide wechselseitig, und
jeder hielt den anderen für verrückt; jeder ging
seines Weges, weinenden Auges ob der Verblen-
dung seines Freundes; beide waren aufrichtig, was
heutzutage selten ist.

Auf dem Quai sprang Passereau in eine
Droschke.

– Wohin, Monsieur?

– Rue de Ménilmontant.

– Donner! Eine weite Strecke!

– Nicht so weit wie Santiago de Compostela.

– Oder Notre-Dame-du-Pilier.

Und indem er seine Peitsche zur Abfahrt knallen ließ, begann der Kutscher diese beiden Verse aus dem Bolero des *Contrabandista* zu trällern:

> *—Tengo yo un caballo bayo*
> *Que se muere por la yegua,*

sogleich fügte Passereau die folgenden zwei hinzu:

> *Y yo como soy su amo*
> *Me muero por la mozuela.*

Diese Antwort versetzte den Kutscher in höch‚ stes Erstaunen.

– Señor, Sie sind Spanier?

– Nein.

– Sie sehen ganz so aus.

– Man sagt es mir häufig.

Passereau sah fremdländisch aus und hatte einen südlichen Teint; die Polizei fand sogar, er habe ein für die Monarchie gefährliches Aussehen; und bei Unruhen in der Stadt war er mehrmals wegen des Verbrechens festgenommen und inhaftiert worden, spazierenzugehen und illegal ein sonnen‚ gebräuntes Gesicht zu tragen.

– Zum mindesten, Señor, haben Sie in Spanien gelebt, Sie sprechen kastilisch.

– Weder das eine noch das andere.

– Wer Spanien nicht gesehen hat, ist blind, wer es gesehen hat, geblendet. – Señor, wünschen Sie, dorthin zu reisen?

– Ich verzehre mich danach, mein Bester, aber ich wage es nicht: ich fürchte, dort den Rest meines Verstandes zu lassen, ich fürchte, dort die Vaterlandsliebe zu morden. Ich spüre, wenn ich Gast in Cordoba, Sevilla, Granada gewesen bin, werde ich nicht mehr woanders leben können. España! España! España! du machst wahnsinnig wie der Tarantelstich...! Aber Sie, mein Bester, Sie sind Spanier und haben Spanien verlassen?

– Nein, Señor, ich bin Don Martinez de Cuba

Dieser Martinez war der feuerfeste Mann, den man eine Zeitlang im Jardin de Tivoli als Insassen eines Ofens vorgeführt hatte. Nachdem er die Neugier der Stadt rasch befriedigt hatte, mußte er sehen, wo er blieb; der arme Kerl war Drosch⸗kenkutscher geworden.

Und Passereau war sehr erstaunt, diesen be⸗rühmten Salamander in einer so üblen Lage anzu⸗treffen.

– Entschuldigen Sie meine Zudringlichkeit, aber, *Señor estudiante*, Sie sehen nachdenklich und traurig wie ein Verliebter aus. Ihre Züge tragen den Stempel eines noch tieferen Kummers als der des *caballero desamorado*. Es ist herzzerreißend, Sie so zu sehen.

– Liebe! Liebe! – *Me muero por la mozuela!*

– Sehen Sie sich vor, mein lieber junger Mann, sehen Sie sich vor! Hören Sie zu: es ist manchmal gut, den Ratschlägen eines Unglücklichen zu folgen. Setzen Sie nicht allzu viel Liebe auf eine so brüchige, so unbeständige, so treulose Sache wie eine Frau: Sie werden sich zu Grunde richten! Überlassen Sie in Ihrem Herzen dieser Leiden⸗ schaft nicht den höchsten Platz: Sie werden sich zu Grunde richten! Bauen Sie diese nicht aus den Trümmerstücken anderer: Sie werden sich zu Grunde richten! Verzichten Sie ihretwegen auf nichts, was Sie zu entzücken und an das Leben zu fesseln vermag: der erste Schlag streckt Sie zu Boden. Die Frauen verdienen keinerlei Opfer. – Lieben Sie, wie Sie singen, wie Sie reiten, wie Sie spielen, wie Sie lesen, aber nicht mehr. Rechnen Sie nicht bei ihnen auf Beständigkeit, Vornehm⸗ heit, Reinheit: Sie würden nur zu bitter enttäuscht.

22

Verzeihen Sie mir, wenn ich Ihnen das alles sage: nicht, um Ihnen die Illusionen der Jugend zu rauben und um Sie alt und blasiert zu machen, sondern um Sie vor vielen Widrigkeiten, vielen Abgründen zu bewahren. In diesem Falle sind die Ratschläge eines Elenden häufig wert, erhört und befolgt zu werden, besonders, wenn dieser Elende von denen elend gemacht wurde, in die Sie Ihr ganzes Vertrauen und Leben setzen; jeder bereitet sich sein Schicksal selbst. – So wie Sie habe ich geglaubt, habe mich hingegeben, mich zu Grunde gerichtet! Ich war jung und strahlend wie Sie: Sehen Sie sich vor! Es waren die Frauen, die mich ins Exil getrieben, die mich zum Gaukler und zum Knecht gemacht haben.

– Oh, fürchten Sie nichts dergleichen für mich, mein Bester: wenn die Liebe, das einzige Tau, mit dem meine Barke noch am Gestade verankert ist, reißt, ist alles erledigt; ich werde mich umbringen...! – Freund, halten Sie an, halten Sie an! Wir werden noch am Hause vorbeifahren; hier, an diesem Tor, rief nun Passereau, und sprang, indem er einen Taler in die Hand des feuerfesten Mannes gleiten ließ, aus der Kutsche.

– *Viva Dios! Señor estudiante, es V. m. d. muy*

dadivoso, muy liberal! Dios os guarde muchos años.

Caballero, werden Sie sich wohl an Martinez den *Calesero* und die Nummer seiner Kutsche erinnern?

– Ja, ja!

Der Herr Student trat in das bezeichnete Haus ein, und Martinez kehrte von dort recht frohen Mutes um, wobei er halb auf kastilisch, halb im Zigeuneridiom dieses wunderliche Liedchen sang:

> *Cuando mi caballo entró en Cadiz*
> *Entró en capa y sombrero,*
> *Salieron a recibirlo*
> *Los perros del matadero.*
> *Ay jaleo! muchachas,*
> *Quien mi compra un jilo negro.*
> *Mi caballo esta cansado . . .*
> *Yo me voy corriendo.*

Mit der Wichtigkeit eines Senators oder eines amtlichen Gerichtsvollziehers stieg Passereau ge‹ senkten Hauptes die Treppe hinauf.

– Ah! Sie sind's, schöner Medicus!

– Guten Tag, kleine Mariette!

– Guten Tag.

24

– Deine Dame ist ausgegangen?

– Ist meine Dame nicht auch ein wenig Ihre? Sagen Sie: unsere Dame. Sie ist gerade ausge‹ gangen, Sie haben Pech.

– Wo geht sie denn um diese Zeit hin?

– Zur Reitschule, ihre Stunden nehmen.

– Die Schöne reitet? Das wußte ich nicht.

– Sie reitet ganz entzückend, sagt man.

– Du lachst, du Boshafte! Willst du denn immer Kammerzofe wie in der Komödie spielen?

– Im übrigen, lieber Freund, wird sie zweifellos nicht säumen, nach Hause zurückzukehren; ihre Unterrichtsstunde war gestern lang, die von heute, so vermute ich, wird kurz sein. – Treten Sie ein und warten Sie im Boudoir auf sie.

– Gut; aber komm und leiste mir dort Gesell‹ schaft, allein würde ich mich in einem Boudoir allzu sehr langweilen, und außerdem ist es anti‹ kanonisch. – Aber so komm doch, Kokette! Hast du etwa Angst?

– Sie sind ein Medicus.

– Die Medicusse sind bekannt für ihre Philo‹ gynie: ich habe noch niemals eine lebende Frau verspeist.

– Puh!

– Setz dich näher, ich bitte dich. So ist's recht!
Plaudern wir. Weißt du, daß ich schon lange in
dich vernarrt bin?

– Ehre ohne Nutzen: Madame hat die Nutz-
nießung dieser Liebe.

– Sieh mal, Mariette, nach Europa, Asien,
Afrika, Amerika, Ozeanien und Philogène, deiner
Dame, bist du es, der siebente Teil der Welt, den
ich vorzüglich liebe.

– Ehre ohne Nutzen: der siebente Teil der
Welt bedürfte auch sehr eines Christoph Co-
lumbus.

– Schamlose! – Aber laß mich doch deine
schöne Schulter küssen, deine Elfenbeinschulter!
Und deine Brust, wahrer Parnaß mit zwei Gipfeln,
doch romantischer Parnaß.

– Monsieur, *es ist vergeblich, wenn am Parnaß
ein verwegener* . . .

– Wie, Mademoiselle, wir kennen unseren anti-
phlogistischen Boileau . . .! Aber laß mich doch,
was fürchtest du? Kinderei! Meine liebe Freundin,
du weißt doch gut, wie sehr ich deine Dame liebe!
Verstehe, daß, wenn ich eine Frau liebe, sie meine
Liebe empfangen hat, und ich ihr Treuegelöbnis,
und daß daher Philogène mir treu ist.

26

– Oder daß sie ihre Reitstunden nimmt.

– Ich bin ihr genau so treu wie sie mir.

– Oh! oh! das ist nicht beruhigend. O meine Ehre! O meine Tugend! Zu Hilfe! Lassen Sie mich los! – Monsieur Passereau, ich gehe einen Augenblick hinunter; könnten Sie öffnen, wenn jemand läutet, und ihn bitten zu warten.

– Ich werde öffnen, und wäre es dem Donner‐wetter in Person.

Kaum war er allein, wandelte sich jäh der Ge‐sichtsausdruck des Studenten; er wurde wieder ernst und düster, wie es seine Art war, aber noch ernster und düsterer; ohne Zweifel hatten die Boshaftigkeiten, die Mariette ganz scherzhaft auf seine Maitresse losgelassen hatte, ihn im Innersten getroffen und gegen seinen Willen in seinem ver‐trauensseligen Geist einen Verdacht erregt. Nie‐mals hatte je eine Leichengruft einen melancho‐lischeren Körper enthalten als dieses Boudoir. Plötzlich erhob er sich, dieses Gespenst, indem er sich von dieser starren Versenkung, diesem inneren Leben befreite und gleichsam mit der Hand etwas Unsichtbares verscheuchte, das ihn gefangen hielt, und sein Gesicht leuchtete plötzlich auf wie eine abgeblendete Laterne, die man im Dunkeln mit

27

einem Mal aufklappt. Nun stürzte er in den Sa‚
lon, lief zu dem Miniaturbildnis einer Frau, das
am Spiegel hing, und bedeckte es mit Küssen.
Nachdem er lange Zeit den Raum mit weiten
Schritten durchmessen hatte, hielt er schließlich
am Flügel inne, begann rasend zu präludieren
und halblaut die *Estudiantina* zu singen:

> *Estudiante soy señora,*
> *Estudiante y no me pesa,*
> *Por que de la Estudiantina*
> *Sale toda la nobleza.*
> *Ay si, ay no*
> *Morena te quiero yo,*
> *Ay no, ay si*
> *Morena muero por ti!*
> *¿ Rosita del mes de mayo*
> *Quien te ha quitado el color?*
> *Un estudiante pulido,*
> *Con un besito de amor,*
> *Ay si, ay no*
> *Morena te quiero yo*
> *Ay no, ay si*
> *Morena muero por ti!*
> *Con los estudiantes, madre!*

No quiero ir a paseo,
Porque al medio del camino
Suelen tender al manteo.

Ay si, ay no
Morena te quiero yo,
Ay no, ay si
Morena muero por ti!

Bum! Bum! Bum!

– Carajo! Welcher Tölpel schlägt denn da die Tür ein? Mein Bester, welch scheußlichen Lärm machen Sie da? Sehen Sie nicht die Glocke?

– Monsieur, ich habe zehn Minuten lang geläutet.

– Lüge! Mein Freund, ich habe nichts gehört!

– Ich meinerseits habe sehr wohl vernommen, daß Sie lateinisch gesungen haben. – Sind Sie Mademoiselle Philogène, Monsieur? Hier ist ein Brief von Oberst Vogtland da.

– Von Oberst Vogtland? Gib her!

– Man hat mir streng befohlen, den nur ihr selbst auszuhändigen.

– Trunkenbold!

– Trunkenbold? Schon möglich. – Aber ich bin Franzose, aus dem Département Calvados; ich

habe keine Auszeichnungen, aber ich habe Ehre.
Tod und Teufel allen Preussen! So!

– Verschwinde, schlechter Witzbold!

– Spiel dich bloß nicht auf, sonst setzt es Hiebe!

– Verschwinde!

– Was ich da sage, ist bloß hypothekisch; nur
sehen Sie doch zu, Ihre Worte etwas sorgfältiger
zu quälen, und vergessen Sie das botmäßige Trink‹
geld nicht . . .

– Trinkgeld! Unseliger! Damit du deinen Ma‹
gen noch weiter einfärbst und deine Eingeweide
gerbst? – Verschwinde, du bist besoffen.

III.

TREULOS WIE DIE WOGE

Zweifel. – Angst. – Indiskretion. – Kein Zweifel mehr! –
Der arme Passereau hatte ein ausgehaltenes Mädchen für
ein engelsgleiches Wesen gehalten. – Er war der Herzens-
freund gewesen, und Vogtland war für die allgemeine
Bezahlung zuständig. – Qual. – Die Reinheit ist lediglich
Morast. – Abscheu.

DA steht Passereau nun, den Tod in der
Seele und den fatalen Brief in der Hand:
was wird er beginnen? Zweifel und Verdacht bedrängen ihn; alles ist hin! – Die Über-
zeugung ist wie ein altes Gebäude, sobald man die
Spitzhacke ansetzt, fällt alles zusammen. – Der
Oberst Vogtland, was ist das für einer? Was für
eine Beziehung hat er zu Philogène? Warum diese
Botschaft . . .? – Nach langer Unschlüssigkeit, nach
einem langen Kampf wird er, um sich von seiner
Angst zu befreien, das Siegel dieses Briefes erbrechen, der die unwiderrufliche Verdammung
seiner Geliebten oder ihren feierlichen Freispruch
enthält, seiner Geliebten, die unter einem schänd-

31

lichen Verdacht, unter der Last einer infamen Anschuldigung, vor dem Geheimtribunal seines Herzens entehrt wurde.

– Wie, ich sollte dieses Siegel erbrechen...? Aber nein, ich bin ja verrückt! ruft er aus; was soll ich tun, wenn er einmal geöffnet ist und Philogène triumphierend daraus hervorgeht? Ich würde mich allzu sehr in ihren Augen herabsetzen, ich – eifer‹ süchtig, indiskret, verräterisch! Denn was anderes ist es als Verrat, wenn man herkommt und ein Siegel erbricht, um gestiefelt und gespornt in eine züchtige Vertraulichkeit einzudringen? – Ja, wenn ich aber betrogen würde! Wer sagte mir das? Wer sagte mir, daß ich nicht der betrogene Gimpel einer frechen Dirne bin? Muß ich warten, bis man es mir auf der Straße nachruft? Bis ich die Leute in den Toreinfahrten lachen höre, wenn ich mit ihr am Arm vorbeigehe? Bis ich es um mich herum raunen höre: – heute hat sie's mit ihrem Studenten. – Ich finde ihn besser als ihren vorletzten. – Man muß schon schamlos sein, so ein junger Mann aus gutem Hause, am hellichten Tag mit so einer Dirne auszugehen, pfui! – Ach, das wäre fürchter‹ lich! Ich muß wissen, was hier vorgeht; ich muß endlich wissen, woran ich bin...!

– Nun, also: – Aber nein, das ist doch Wahn=
sinn, dies weiter ergründen zu wollen. Wer den
Dingen auf den Grund geht, gräbt sich sein Grab.

Denn sollte dieser Brief mir verwehren, diese
Frau zu lieben und hoch zu achten, sollte er mir
mit erhobener Stimme gebieten, sie abgrundtief
zu verachten, sie zu hassen! ach, welch furcht=
bares Erwachen! Ich würde daran sterben...!
Denn ich brauche meine Philogène, ich brauche
ihre Liebe, um zu leben! Das ist das Öl meiner
Lampe; sie umzustoßen heißt, sie auszulöschen!
Heißt, mich umzubringen...!

Passereau, Passereau! wie undankbar und grau=
sam bist du dieser Frau gegenüber! Warum sie
anklagen, warum sie besudeln, warum? – Weißt
du, was in diesem Briefchen steht? – Nein! – Mit
welchem Recht also...? Die Leidenschaft raubt
mir den Verstand...

Oh nein, gewiß, diese arglose, gute, sanfte
Freundin, dieses reine Kind, das mich unentwegt
mit Liebesschwüren überhäuft, diese Freundin,
die ich mit Aufmerksamkeiten, mit Freude und
Glück überschütte, der ich meine Jugend, mein
Leben geweiht, der ich ewige Treue gelobt habe;
oh nein, sie könnte mich nicht hintergehen, sie

wagte es nicht! Nein, nein, Philogène, du bist rein
und treu!

Und indem Passereau an ein Fenster trat, ließ
er in seinen Fingern den Brief sich entfalten und
durchmaß das Zimmer mit loderndem Auge und
gierigem Blick. – Bei jedem Wort, das er ent-
zifferte, stampfte er mit dem Fuße auf und stieß
tiefe Seufzer aus.

– Guter Gott! Die Vorahnungen sind also deine
Stimme, denn deine Stimme allein lügt niemals ...!

Grauen! Grauen! Ach! Philogène, es ist fürchterlich ...! Und heute morgen noch hätte ich für
dich gebürgt mit meinem Haupt und meinem
Leben; selbst Gott hätte ich widersprochen, wenn
Gott dich beschuldigt hätte! Ach, es ist abscheu-
lich! Es ist infam! Doch sehen Sie sich vor! Wer
weiß, was in meinem Herzen zurückbleibt, wenn
die Liebe dort nicht mehr weilt! Sehen Sie sich
vor!

Und Sie, Herr Oberst, es ist recht! Es ist recht,
Herr Vogtland, ich werde auch dort sein beim
Rendez-vous! Wir werden da zu dritt sein ...!

Erschöpft ließ er sich der Länge nach auf das
Kanapé fallen und weinte, den Kopf in die Hände
vergraben, heiße Tränen.

Und dies stand Wort für Wort in dem verhäng,
nisvollen Brief:

Meine liebe Philogène,
eine Meuterei von Unteroffizieren meines
Regiments ruft mich gerade zu dieser
Stunde nach Versailles; rechne nicht mit
mir heute Nacht; es wird mir nicht möglich
sein, vor zwei oder drei Tagen zurückzu,
kommen: finde dich also Sonntag, gegen
fünf Uhr in den Tuilerien unter den
Kastanienbäumen ein, beim marmornen
Wildschwein: ich eile, dich dort zu treffen,
und wir werden gemeinsam dinieren. Drei
Tage ohne dich, das ist sehr lang und
grausam! Aber die Pflicht ruft. Liebe mich
wie ich dich.
Adieu! Ich bedecke dich überall mit
Küssen.
Vogtland.

Kann man sich etwas Unzweideutigeres und
weniger Niederschmetterndes denken? Nach angst,
vollen Verdächtigungen hatte Passereau ein Be,
weisstück gefunden. Er war überzeugt...!

Doch damit war das Maß seiner Leiden noch nicht voll, und es war damit noch nicht getan, daß er sie als wortbrüchig, niedrig und gemein erkannt hatte, die er zärtlich umhegt und mit reinster Liebe überhäuft hatte. An diesem Tag war es ihm bestimmt, einen schrecklichen Sturz nach dem andern zu tun, alles für immer und auf Nimmerwiedersehn zu verlieren. Die er für züch, tig, arglos und keusch gehalten, der er zaghaft nur sich genähert hatte, deren Jungfräulichkeit ge, raubt und deren Seelenreinheit getrübt zu haben, er sich als Vergehen anrechnete, zeigte sich in ihrer ganzen Abscheulichkeit nun vor seinen Au, gen: liederlich, schmutzig, lasziv und schändlich.

Als er in einer Schublade nach Schreibzeug stöberte, weil er ihr eine kurze Nachricht hinter, lassen wollte, entdeckte er – Himmel, ich schäme mich, es zu sagen! einen in Maroquin gebundenen, vergoldeten und illustrierten Aretino...!

Ich überlasse es der Phantasie des Lesers, sich seine Bestürzung auszumalen. Er war niederge, schmettert. Seine geschürzten, geblähten und herabhängenden Lippen gaben abgrundtiefstem Ekel Ausdruck, und aus seiner beklommenen Brust drang heftiges Würgen.

In diesem Augenblick kam Mariette zurück, und Passereau bezwang seinen Schmerz.

– Madame ist noch nicht zurückgekehrt?

– Nein, meine Liebe.

– Das Reiten macht ihr Spaß ...

– Sie ist ganz versessen darauf.

– Ach, Ihr Lachen tut weh, Sie sind tief be‹ kümmert, ganz erregt; mein lieber Herr, glauben Sie mir, wenn Sie leiden, leiden Sie nicht ihret‹ wegen; armer junger Mann, wenn Sie wüßten ...!

Aber ist denn jemand in meiner Abwesenheit dagewesen?

– Nein; nur ein Brief von Oberst Vogtland ist abgegeben worden.

– Von Oberst Vogtland ...! Da wundert es mich nicht mehr, Sie so bestürzt zu sehen. Armer junger Mann, was haben Sie sich doch schwer getäuscht!

– Lebwohl, Mariette, lebwohl!

– Ich flehe Sie an, fassen Sie Mut, Sie zerreißen mir das Herz!

Soll ich ihr sagen, daß Sie hier waren?

– Ja, aber weiter nichts!

Beschämt und verstohlen schlich er aus dem Haus, wie ein Wollüstling, der einem übelbeleum‹ deten Ort entweicht.

Auf dem Boulevard traf er an der Droschken/
haltestelle wieder auf Martinez, fiel ihm um den
Hals und küßte ihn zur großen Verwunderung
der Passanten.

– O mein Freund, du hattest Recht: treulos wie
die Woge! Fort, fort, schlag zu, im gestreckten
Galopp! Ich muß mich betäuben.

IV.

ALBERT DENKT SCHARF NACH

Unser Student hat unzweifelhaft einen Spleen. – Splénalo,
gie. – Er bereitet sich ein künstliches Klima, eine Sonne
und Punsch. – Seine Phantasie, die keinerlei Angst mit dem
Nahen des Todes noch mit dessen Folgen verbindet, ver,
leiht ihm keine gekünstelte Empfindsamkeit. – Scharfes
Nachdenken. – Aretinologie. – Er schläft ein.

ZU Hause angekommen, verfiel Passereau
in eine kalte und stumme Erstarrung.
Gewöhnlich hatte sein schönes Gesicht
tiefe, gleichwohl nicht unliebenswürdige Melan,
cholie gezeigt; nun ist es verändert: sein hohles
Auge verschwindet unter zusammengezogenen
Brauen, seinen agonieverzerrten Mund pressen
verbissene Kinnbacken zusammen; seine Nerven
beben; er läuft auf und ab, hin und her; seine
verkrampften Finger greifen und zerbrechen alles,
wessen sie habhaft werden; er krümmt und bäumt
sich auf wie ein verwundetes Wild; sein Kopf, der
schlaff herunterhängt, dreht sich ohne Unterlaß
von einer Seite zur anderen wie der eines weit,
ausschauenden Adlers, der nach der Beute sieht,

die er würgt; seine ganze Mimik ist teuflisch und wild.

Unvermittelt öffnet er die Fenster, lehnt sich rasch und weit hinaus, zieht heftig die Jalousien herab, schließt wieder die Fenster und die inneren Läden: nun ist es um ihn völlig dunkel, er jubelt vor Freude. Alsdann entzündet er Lampen und Lüster, Armleuchter, Kandelaber, Kerzen, trotz der Hitze entfacht er ein gewaltiges Feuer im Kamin, und dann läutet er. Ein Diener des Hauses erscheint.

– Laurent, bringen Sie ein Bowlengefäß hoch, Zucker, Zitronen, Tee und fünf oder sechs Flaschen Rum oder Branntwein; und gehen Sie dann zu meinem Freund Albert und bitten Sie ihn, sich augenblicklich hierher, zu mir, zu begeben.

Der Diener schien wegen dieses Aufzugs, dieser Beleuchtung, dieser Hast keineswegs verwundert; er verrichtete alles, was ihm aufgetragen worden war wie einen gewöhnlichen, alltäglichen Dienst.

Tatsächlich war das alles nichts Neues: das war eine der tausend Wunderlichkeiten von Passereau, und zwar die, die sich am häufigsten wiederholte. Von nervöser Disposition, beeinflußbar, erregbar, litt er, sobald der Himmel nicht weit und klar, die Sonne nicht strahlend heiß schien, sehr. Ihm behagte ein heißes Klima, eine reine Luft, ein brennendheißer Boden in Marseille, Nizza, Antibes, eine spanische Sonne, ein italienisches Dasein...! Folglich grämte er sich, in der meist nebelverhangenen, nassen, schlammigen, kalten, schmutzigen, stinkenden, zugigen Stadt zu leben und wünschte sich nichts sehnlicher, als den Doktorgrad zu erhalten und sie für immer zu verlassen; er träumte davon, aus Frankreich auszuwandern und sich in Kolumbien oder Panama niederzulassen.

So kam es, daß er an regnerischen, drückenden und widrigen Tagen, bei windigem Wetter, bei Nebel und Dunst depressiv wurde, unbestimmt seufzte, verdrießlich und wehleidig war in einer verzweiflungsvollen Apathie; er wiederholte immer wieder denselben Refrain: *das Leben ist recht bitter, das Grab ist heiter, nieder mit dem Leben..!!*

Dann rief er verzweifelt nach dem Nichts.

– Man muß nur drei Dinge tun, sagte er in diesem Zustand, drei Dinge, die, alle drei, zum vollständigen Untergang führen: sich tödlich berauschen, traumlos schlafen oder sich umbringen:

berauschen wir uns und schlafen wir! Um sich umzubringen, bedürfte es weiterer Bemühungen, und dazu sehe ich mich gegenwärtig nicht aufgelegt; wir werden später sehen. – Ich habe genug von diesem blöden Tag; schließen wir die Fenster und Läden, ein Feuer her! Lichter! Tabak und Punsch...! – Laurent, Sie werden mich mit Lebensmitteln versorgen, und sehen Sie von Zeit zu Zeit nach mir. Sobald die Sonne wieder hervorkommt und das Leben wieder schön wird, kommen Sie, die Fenster zu öffnen und mir Bescheid zu sagen.

Gelegentlich blieb er, da das schlechte Wetter anhielt, nahezu einen Monat lang solcherart in Klausur, ständig von Lampen und Leuchten umgeben, in künstliches, strahlendhelles Licht getaucht; er las, manchmal schrieb er, aber meistens war er berauscht und schlief. Seine Tür blieb, außer für Albert, verschlossen, der sich sehr bereitwillig mit ihm zusammen einsperrte; nicht, weil er vom selben Wahnsinn gepackt, vom selben Leiden, von derselben Verzweiflung ergriffen gewesen wäre, sondern wegen der Originalität der Sache, um das Leben ein wenig gegen den Strich gebürstet zu genießen und die gradlinige bürgerliche Existenz zu parodieren; vor allem aber vom Punsch und von den Zigarillos angezogen, für die Albert ein gläubiges Empfinden, eine tiefe Über, zeugung, die größte Hochachtung besaß.

Die *Schwarzen Tage* Passereaus rührten nicht immer von Nebel, Regen und düsterem Wetter her; häufig entstanden sie, wie in diesem Falle, aus Verdruß, Widerwärtigkeiten und Kummer.

Eilige Schritte, Gepolter und Gelächter auf der Treppe kündigten Alberts Ankunft an.

– Guten Tag, mein alter Passereau, wir haben also einen *Schwarzen Tag?* Heute früh habe ich es wegen deiner düsteren Miene schon geahnt: mit einem Wort, mir paßt das recht gut; denn, um's dir ehrlich zu gestehen, liegt mir das Abenteuer von heute morgen noch sehr auf dem Magen, ob, wohl es ja doch sonst meine Art ist, alles recht leicht zu nehmen; ich habe durchaus nichts da, gegen, es ein wenig zu ersäufen.

– Ach, mein lieber Albert, wenn dich dein Abenteuer von heute früh bedrückt, so zermalmt mich meines von heute nachmittag . . .!

– Was willst du damit sagen?

– Du hattest mir einen Monat gegeben, weißt du noch? Danke! Ich gebe dir dreißig Tage zurück.

– Ach, die süße Last ...! was hältst du nun von der Keuschheit der Frauen? – Was sagst du zu deiner heiligen Philogène? Ach, köstlich, köstlich! Erzähl mir die Posse.

– Oh nein, sprechen wir nicht mehr davon, du verletzt mich! Gieß mir Punsch ein, und weiter so!

– Weißt du, Passereau, daß das nicht fein von dir war? Du hättest ruhig auf mich warten können, statt allein zu trinken; beinahe eine ganze Bowle Punsch hast du schon allein wie ein Einsiedler geschlürft.

– *Das Leben ist recht bitter, das Grab ist heiter.* Schenk ein, schenk ein, ich bitte dich, schenk ein! Ich bin noch bei Verstand, ich denke noch, ich leide. Schenk doch ein, Albert!

– Ehrenwort, mein Freund, du würdest mich bekümmern, wenn ich mich je bekümmerte, daß du dir die Dinge so sehr zu Herzen nimmst; alles in allem, was ist schon dabei? Ein dummes Mißgeschick, vulgär, abgedroschen! Du willst unbedingt lieben; hör auf damit, ich flehe dich an; überall wirst du nur verächtliche Wesen finden; überall unter strahlendhellem Schmelz gemeinen und groben Lehm; jung – betrügerische, treulose, schmutzige Maitressen; alt – ehebrecherische und

44

stiefmütterliche Gattinnen. Schwärme niemals um Frauen mit dem Ziel, Gefühle zu erwecken, son=dern nur aus Vergnügen oder gesundheitlichen Gründen; und dann auch nur, wenn dich die Natur mit aller Gewalt dazu treibt.

– Albert, bei der Dürre deiner Seele, die einen Arzt nicht erkennen läßt! Nimm dein Skalpell, sprich von Muskeln und Phlebotomie, oder sei still! Du dauerst mich!

– Überdies, siehst du, ist es, um vernünftig zu argumentieren, absurd, von einer Frau Treue und Beständigkeit zu fordern; es ist absurd, all das Tugend zu nennen, was ihrer Konstitution ent=gegengesetzt und unmöglich ist. Es liegt in der Natur der Frau, leichtfertig, flatterhaft, unbeson=nen, wechselhaft zu sein, sie muß es sein, un=bedingt, das ist alles. Sie soll nicht schwerfällig werden, analysieren, nachdenken, grübeln; sie soll immer und immer wieder leichtsinnig sein, von einer Sache zur anderen hingerissen werden, um leicht über die Leiden hinwegzukommen, die mit ihrer elenden Lage verknüpft sind, und damit sie nicht die Erniedrigungen wahrnimmt, in die sie die Gesellschaft geworfen hat.

– *Das Leben ist recht bitter und das Grab ist*

heiter. Schenk ein, Albert, schenk ein, ich beginne endlich zu schwanken; schenk ein, ich merke, wie sich die Wirklichkeit verflüchtigt.

– Du wirst immer ein elend unglücklicher Schlucker sein, wenn du dich niemals mit den Oberflächlichkeiten begnügen willst; wenn du immer eindringen und tiefschürfen willst. Die Ausgrabungen des Nachdenkens und der Vernunft sind verderblich, ihnen folgen immer tiefere Einbrüche. Man kann nicht leben und zugleich nachdenken, eines von beiden muß man aufgeben. Wer könnte das Dasein ertragen, wenn er, wie du, unablässig grübelte? Es bedarf so wenig, um in den Tod getrieben zu werden: den Himmel, einen Stern betrachten, sich fragen, was das bedeutet: dann erscheinen unser Elend, unsere Niedrigkeit, unsere seichte und beschränkte Intelligenz in ihrem ganzen Licht. Man bemitleidet sich, man verabscheut sich; überdrüssig seiner selbst und beschämt, ruft man, eben noch dümmlich stolz auf sich, das Nichts zu Hilfe, das noch unbegreiflicher ist ... Man muß so zurecht kommen, daß an einem alles wie an einem Küraß abläuft. Man muß alles heiter nehmen, über alles lachen.

– Erbarmen!

46

–Man muß über alles lachen, von Blüte zu Blüte flattern, von Vergnügen zu Vergnügen, von Freude zu Freude . . .

– Was ist denn überhaupt Freude, Vergnügen? Ich weiß das nicht.

– Man muß seinen Launen nachgeben.

– Ich werde ihnen nachgeben!

– Spielen, Geld ausgeben, huren, lügen, sich um nichts bekümmern, faul sein, ein Scharlatan.

– Punsch, Albert, Punsch, schenk ein! – Genug, genug von derlei Weisheiten! – Glaub mir, der Tod haust in meiner Brust, ich bin nicht für das Leben geschaffen.

– Aber ist das nicht ein Jammer, einen jungen Mann auf einer glänzenden Laufbahn zu sehen, mit höchster Intelligenz begabt, deren Gedanken reichtum imstande wäre, die Welt und ihre Wissenschaften zu erfassen, wie er verkümmert, niedersinkt, abstumpft, sich verzehrt wegen der Schelmerei eines Mädchens, ist das nicht ein Jammer? Wach auf, Passereau!

– Der Tod haust in meiner Brust, ich bin nicht für das Leben geschaffen, sag ich dir.

– Fehlt's dir an Mädchen, um dich zu rächen? Brauchst du Stätten auf der Erde, wenn dir diese nicht zusagt? Geh fort, reise, besichtige alles, höre alles, entblättere alles, koste von allem, und wenn du auf deiner Fahrt nichts gefunden hast, was dich lockt, kein Himmel, der dir angenehm ist, kein Wesen, das dich bezaubert und bindet, wenn du keinen schönen Strand gefunden hast, um dein Zelt aufzuschlagen, kehre zurück; dann erst ist die Zeit gekommen, dich selbst umzu‹ bringen, du wirst dann gut daran tun, ich werde dir applaudieren.

– *Das Leben ist recht bitter, das Grab ist heiter!* Schenk ein, Albert! Punsch, Punsch, damit ich schlafe! Noch ein Glas Nichts! Habe ich noch immer meinen hartnäckigen Verstand, sag an?

– Nicht in den Augen der Menschen.

– Endlich!

Da schleppte sich Passereau mehr schlecht als recht zu seinem Bett und warf sich schwer dar‹ über; Albert trank die begonnene Punschbowle aus und ging dann nach Hause, wobei er diagonale Schritte machte und sich steif und kerzengerade hielt wie der Turm von Pisa oder die Spitze des Turms von Saint‹Séverin.

V.

UNGEHÖRIGKEIT

Erwachen. – Der gute König Dagobert zog seine Unterhosen verkehrt herum an. – Was für eine infame Sache doch so ein Regenschirm ist! – De torrente in via bibet. – Su majestad christianisima el verdugo! – Ungereimtheiten! – Weitere Ungereimtheiten. – Noch mehr Ungereimtheiten. – Immer noch Ungereimtheiten!

ZU sehr früher Stunde brannten am nächsten Morgen unheilkündend noch einige Kerzen; bleich und aufgelöst auf seinem Bett am Klingelzug hängend, fluchte und tobte Passereau.

– Rindvieh! Der Unselige kommt nicht herauf!
– Wenn er ein Morgenständchen wünscht, kann er es bekommen. – Aber ist er, Rindvieh, denn Todes verschieden? Läute ich den Verstorbenen zum letzten Geleit? – Himmeldonner! Der Lümmel liegt irgendeiner Pute bei!

Und indem er solcherart wie ein Besessener lärmte, zog er bing! bing! bing! mit aller Kraft die Klingel, daß der Messingdraht riß und die Schnur in seiner Hand blieb wie der Stumpf eines Schwertes in der Hand eines Kämpfers.

– Mein Gott, Herr Passereau, welche Ungeduld heute morgen!

– Laurent, du machst mich fluchen, Himmeldonner! Seit drei Stunden läute ich, was hast du getrieben? Hast du auf die Auferstehung des Fleisches gewartet? – Rasch, mach meine Kleider zurecht, ich muß ausgehen.

– Ich hätte nicht geglaubt, daß Sie heute so früh auf sind, nach der gestrigen Veranstaltung. Es ist sehr schlechtes Wetter, es gießt wie aus Mollen, Sie können nicht ausgehen.

– Meine Kleider, sag ich, ich muß fort! Und wäre auch ein Wetter, daß man die Mythologie nicht vors Haus jagen könnte.

Laurent sah sich gezwungen, Passereau anzukleiden; er war so tief in Gedanken versunken und zerstreut, daß er nicht merkte, was er tat.

– Ich bitte um Verzeihung, Herr Passereau, aber Ihre Hose scheint mir wie Ihr Kopf verkehrt herum zu sitzen.

– Das ist eine königliche und merowingische Zerstreuung!

– Ach, lieber Herr, Sie bekümmern mich, Sie sehen trauriger und verstörter aus denn je! Sie haben Ihre düstere Stimmung.

– Ganz und gar.

– Kommen Sie zum Essen?

– Ich weiß nicht recht.

– Ich versichere Sie, es ist ein solches Unwetter, daß der ganze Kosmos sich eine Rippenfellentzündung holen könnte.

– Soll er dran krepieren!

– Warten Sie doch etwas ab, oder nehmen Sie wenigstens einen Wagen oder einen Regenschirm.

– Einen Regenschirm! Laurent, du beleidigst mich! Einen Regenschirm! Süß-Sublimat der Zivilisation, für sich selbst sprechender Wappenschild, Inkarnation, Quintessenz und Symbol unserer Zeit! Ein Regenschirm...! Elende Transsubstantiation von Mantel und Degen! Ein Regenschirm...! Laurent, du beleidigst mich! Adieu!

Da geht unser Medicus, von Windböen und endlosem Dauerregen getrieben, ein auf Kosten des Himmels eingeweichter Stockfisch, und klopft an die verschlossene Tür eines Hauses in der schmalen und verlassenen Gasse Saint-Jean oder Saint-Nicolas unterhalb des Boulevard Saint-Martin. Der arme Teufel troff von Wasser wie ein Topf, den man umstülpt. Er hatte die ganze Stadt durchquert, er, der so wasserscheu war, mit gesenktem Kopf, ohne der Güsse zu achten, die ihn durchweichten. Die Passanten lachten laut über ihn, wenn sie ihn so zerknirscht und empfindungslos wie einen Derwisch vorbeilaufen sahen, er hörte nichts; festen Schrittes durchmaß er die Fluten und Sturzbäche, die seinen Weg kreuzten, ungeachtet, daß er bis zur Gabelung des Leibes in ihnen versank, und gelegentlich deklamierte er verzückt diese so bekannten Verse aus *Hernani*:

Wenn eifersücht'ge Liebe unsere Köpfe füllt,
Wenn unser Herz schwillt und vor Stürmen über,
    quillt,
Was haben Wolken uns da noch zu sagen,
Die im Vorüberziehn ihr Wetter auf uns jagen!

Nachdem er eine gute Weile die Tür beäugt hatte, wurde schließlich geöffnet.
— Der Herr wünscht?
— El señor Verdugo.
— Wie beliebt?
— Oh, Entschuldigung: ist Herr Sanson zu sprechen?
— Ja, er ist bei Tisch; treten Sie ein.

– Seien Sie gegrüßt, mein Herr.

– Ganz zu Ihren Diensten. Welche dringliche Angelegenheit führt Sie bei diesem Unwetter zu mir?

– Dringlich, Sie sagen es.

– Nämlich?

– Ich bitte sehr um Verzeihung wegen der Dreistigkeit, die ich mir nehme, Sie in Ihrem Heim zu belästigen, und möchte Sie um einen Dienst bitten, der zu Ihren Aufgaben gehört.

– Zu meinen Aufgaben, mein Herr? Ich er≀ ledige nur grausame.

– Grausam für Feiglinge, angenehm für Tapfere!

– In der Tat.

– Ich wollte Sie bitten, doch das ist meinerseits sehr anspruchsvoll, da ich Ihnen ja gänzlich un≀ bekannt bin; ansonsten bin ich bereit, Ihnen die Unkosten und Spesen zu erstatten, die Ihnen zu≀ stehen.

– Erklären Sie sich doch!

– Ich möchte Sie untertänigst bitten und wäre sehr empfänglich für diese Willfährigkeit, wollten Sie mir die Ehre und den freundschaftlichen Dienst erweisen, mich zu guillotinieren.

– Wie bitte?

– Ich wünsche brennend, daß Sie mich guil,
lotinieren.

– Das heißt den Scherz wohl etwas weit treiben;
sind Sie hierhergekommen, junger Mann, um
mich in meinem eigenen Haus zu beleidigen?

– Oh, fern liegt mir dieser Gedanke, ganz fern;
ich bitte Sie, hören Sie mich an, die Angelegen,
heit, in der ich mich an Sie wende, ist wichtig
und ernst.

– Wenn ich nicht fürchtete, unhöflich zu sein,
würde ich Ihnen einfach sagen, daß ich Sie für
wahnsinnig halte.

– Ich würde noch anderen so vorkommen, mein
Herr. Ich schwöre bei all Ihren Oesophagotomien,
daß ich im Vollbesitz meiner körperlichen und
geistigen Kräfte bin; allein, die Gefälligkeit, die
zu erweisen ich Sie bitte, liegt außerhalb unserer
Gewohnheiten, das heißt der Gewohnheiten der
Menge, und wer immer nicht genau das tut, was
die Menge tut, ist wahnsinnig.

– Ich sehe, Sie sind wohlerzogen. Ich will gern
glauben, daß Sie keineswegs beabsichtigen, mich
zu beleidigen, noch an meine verhängnisvolle Auf,
gabe zu erinnern, die ich vergaß. – Ich will gern
glauben, daß Sie keinesfalls wahnsinnig sind.

– Sie lassen mir Gerechtigkeit widerfahren.

– Sind Sie nicht etwa Künstler? Ihrer Tracht nach...

– Ich bin es, sofern Sie es auch sind, wir sind ja ein wenig Amtsbrüder: meine Studien sind nicht ohne zahlreiche Verbindungen mit den Ihren; wie Sie bin ich Chirurg, aber Sie sind, was Amputationen betrifft, besser als ich; meine Operationen sind weniger feierlich und nicht so zuverlässig wie die Ihren, und deshalb komme ich zu Ihnen.

– Sie erweisen mir Ehre.

– Nein, denn zwischen Ihnen und mir besteht ein Abstand und ein Verhältnis wie zwischen einer Spinnereifabrik und einem Spinnrocken; ich arbeite schlicht und einfach mit meinen Händen, während Sie, mein Herr, als Großindustrieller mechanisch amputieren.

– Sie erweisen mir Ehre. Doch womit darf ich Ihnen schließlich dienen?

– Ich wünsche, wie ich bereits so frei war, Ihnen zu sagen, daß Sie mich guillotinieren.

– Ach, gehn Sie, sprechen wir doch ernsthaft und kommen Sie nicht mehr darauf zurück, das ist ein schlechter Scherz.

— Bitte glauben Sie mir doch, daß dies der alleinige und ernsthafte Grund meines Besuches ist.

— Eigenwilliger Spaßvogel!

— Ohne weitere Umschweife, so liegen die Dinge: Seit langem schon wollte ich mein Dasein beenden, das mich langweilt und beschwert, doch da mein Köder sich noch in einige Hoffnung verbissen hatte, verschob ich es von Tag zu Tag; endlich breche ich, elender Lastträger des menschlichen Elends, unter der Bürde zusammen und lege sie nunmehr ab.

— Sie bereits lebensmüde! Und weshalb, mein Freund?

— Das Leben ist dem Belieben überlassen, man kann es unter bestimmten Bedingungen ertragen, unter den Bedingungen des Glücks, und man kann es gewißlich mit gutem Recht beenden, wenn es uns nichts als Leiden bringt; man hat mir das Dasein aufgedrängt, ohne meine Zustimmung, wie man mir die Taufe aufgedrängt hat; ich habe der Taufe abgeschworen; heute will ich das Nichts für mich haben.

— Sind Sie etwa alleinstehend, ohne Verwandte?

— Ich habe nur allzu viele.

– Sind Sie unvermögend?

– Das Goldene Kalb ist nicht mein Gott.

– Empfinden Sie keinerlei Begeisterung für die Wissenschaft?

– Die Wissenschaft bietet nur falschen Schein, die Wissenschaft ist nichtig.

– Sie haben also weder eine Leidenschaft noch eine Liebschaft?

– Für immer habe ich sowohl die eine als auch die andere verloren.

– Im Alter von zwanzig Jahren hört man doch nicht auf zu lieben, und der Verlust einer Lieb-schaft, so groß er auch sein mag, ist nicht un-ersetzlich.

– Ich bin all diesem überdrüssig.

– Ihr Auge strahlt, und Ihr Herz schlägt, Sie sind es nicht!

– Ich habe alles durchschaut.

– Selbst die Liebe!

– Die Liebe! – Aber was ist denn die Liebe?

– Man hat sie zum Nutzen von Tröpfen dichte-risch ausgeschmückt. – Ein rohes, zeitweilig auf-tretendes Bedürfnis, ein grelles Gesetz der Natur, der ewigen Natur, die erzeugt und vermehrt, eine brutale Neigung, eine fleischliche Ver-

mischung der Geschlechter, ein Krampf! Nicht
mehr! Leidenschaft, Zärtlichkeit, Ehre, Gefühl –
all das ist darin enthalten.

– Welch schändliche Rede!

– Gestern habe ich noch nicht so geredet;
gestern noch war ich verblendet, doch seit gestern
sind viele Schleier von meiner Stirn gefallen;
niemand war stärker von Illusionen und Ver⸗
trauen erfüllt als ich; – je großartiger und schöner
der Traum gewesen ist, desto schmerzlicher ist
das fade Erwachen. – Gestern war ich empfind⸗
sam, heute bin ich unmenschlich. – Ich liebte
mit der ganzen Kraft meines Lebens eine Frau.
Ich glaubte, sie empfände für mich Liebe, sie
täuschte mich! Ich hielt sie für aufrichtig, sie war
niedrig und gemein! Ich hielt sie für schlicht,
göttlich, rein, sie war eine Dirne! O Raserei! Und
die Liebe allein, die Liebe zu dieser Frau hielt
mich am Leben!

– Ich begreife Ihren Schmerz, aber das ist nichts
Ernstes. Das ist eines der tausend Abenteuer eines
jungen Mannes, die Ihnen begegnen werden; ge⸗
wöhnen Sie es sich nicht an, sich jedesmal umzu⸗
bringen. Ich sehe hier rein gar nichts, was Sie zum
Selbstmord bewegen könnte. Ich weiß, daß eine

Enttäuschung oft recht schmerzlich sein kann; aber ein junger Mann, der so stark und nach; denklich ist wie Sie, muß noch ärgere Widrigkeiten überwinden. Das ist nur eine Kinderei, und sollte man nach dem in dieser Welt erloschenen Leben weiterleben, würden Sie ganz gewiß sehr beschämt sein, wenn Sie Ihr Leben und Ihre Kaltblütigkeit wiedergefunden haben werden, daß Sie sich für so etwas Niedriges und wegen einer solchen Klei; nigkeit geopfert haben.

– Wie ich Ihnen ja gerade sagte, war ich nicht erst seit dieser Katastrophe entschlossen, aus dem Leben zu scheiden; die Liebe verzögerte nur die Ausführung meines Vorhabens. Ich sage nicht, daß, wenn ich es besser getroffen und eine ehrsame und treue Frau gefunden hätte, mein Plan sich auf die Dauer nicht in Wohlgefallen aufgelöst haben würde. Doch heute ist alles anders, ich habe geschworen, Schluß zu machen; einen Schwur kann man nicht widerrufen.

– Sie sehen selbst, daß ich recht hatte, als ich Sie für wahnsinnig hielt.

– Wahnsinnig . . .! Sagen Sie mir doch, Sie, der Sie der Vernunft teilhaftig sind, was wir auf dieser Erde tun? Wozu? Warum sind wir hier? Und wer sind wir, wir, dünkelhafte Elende? Doch nichts anderes als die empfindungsfähigen Instrumente des Erzeugens und Vergehens.

– Sie sind wahnsinnig!

– Doch wir schweifen nur ab, kommen wir zum Grund meines Besuches zurück: ich flehe Sie also aufs neue an, meiner Bitte Folge zu leisten, ich werde Ihnen alle Ihre Unkosten erstatten.

– Welcher Bitte? Was wünschen Sie denn eigent‹ lich?

– Sehr wenig, ich möchte einfach, daß Sie mich guillotinieren.

– Niemals, mein Freund, das ist schiere Narretei. Und sogar, wenn ich es wollte, könnte ich es nicht. Ach, Gott soll mich bewahren, Ihnen je die ge‹ ringste Schramme zuzufügen.

– Warum denn, haben Sie nicht das Recht und die Freiheit zu tun, was Ihnen gut dünkt? Die Gesellschaft hat Ihnen ein Instrument gegeben, sind Sie nicht dessen unabhängiger Virtuose? Darf sie Ihnen verbieten, einem Freund eine Gefällig‹ keit zu erweisen?

– Es stimmt, daß mir die Gesellschaft durch Erbschaft ein Schaffot übergeben hat, oder viel‹ mehr, daß mein Vater mir eine Guillotine als

60

väterliches bewegliches und unbewegliches Gut vermacht hat; aber die Gesellschaft hat mir ge⸗ sagt: – Du darfst dein Instrument nur für die spielen, die wir zu dir schicken.

– Eben sie schickt mich her.

– Nicht doch.

– Doch, es ist mein Ekel vor ihr.

– Sie kommen unmittelbar zu mir, mein Lieber, das geht so nicht; Sie haben die Hauptstraße ge⸗ nommen, statt einen Seitenweg einzuschlagen; kehren Sie um und kommen Sie über Gendarmen, Kerker, Wärter und Richter wieder.

– Sie wollen mir also wirklich nicht diese Ge⸗ fälligkeit erweisen? Sie sind unhöflich mir gegen⸗ über. Aber, zum Donnerwetter, ich verlange ja durchaus nicht, daß Sie das am hellichten Tag, mitten in Paris, mitten auf dem Grève⸗Platz machen: es soll eine rein private Angelegenheit sein, in den vier Wänden bleiben; da, in einem Winkel Ihres Gartens, ganz gleich, wo Sie wollen. Sie sehen, ich bin Ihnen willfährig.

– Nein, das ist unmöglich: einen Unschuldigen töten.

– Aber ist das nicht üblich?

– Ich bin doch kein Mörder!

– Sie sind grausam, etwas zu verweigern, das Sie so wenig kostet!

– Ich bin doch kein Meuchelmörder!

– Vielleicht habe ich Sie gekränkt, doch das war nicht meine Absicht: Sie sind durchaus kein Strauchdieb, ich weiß wohl; Ihre Menschlichkeit, Ihre Menschenliebe sind berühmt.

– Wenn Sie ernstlich den Tod herbeiwünschen – der Selbstmord ist leicht; die erstbeste Waffe, eine Pistole, Ihr Skalpell . . .

– Nein, das schätze ich nicht, man ist da des Erfolges nicht sicher: der Arm kann fehlen und schlecht treffen; man ist entstellt, man verhunzt sich; also, man haut daneben, wie man so sagt.

– Ich bedaure sehr.

– Doch Ihr Mittel ist prompt und sicher; ich bitte Sie, als Ausgleich für all die Leute, die Sie gezwungenermaßen einen Kopf kürzer machen, ich flehe Sie an, köpfen Sie mich freundschaft‹ licherweise.

– Ich vermag's nicht.

– Aber das ist widersinnig.

– Werden Sie nicht beleidigend!

– Nun gut: da Sie also freiwillig nicht wollen, werden Sie mich gezwungenermaßen töten! Wenn es nur darum geht, über Gendarmen und Richter hierher zu gelangen, werde ich es eben tun!

– In dem Falle werde ich Ihr ergebenster Diener sein!

– Sie wollen nicht, gut! – Warum? – Weil ich unschuldig bin: guter, freisprechender Grund! – Kurzum, also wenn es eines Verbrechens nur bedarf! Ein Verbrechen, das ist eine leichte und einfache Sache! Nun gut! – Uns fehlen in Frankreich nicht die *Kotzebues,* uns fehlen die *Carl Sand!*

Ruhm und Ehre *Carl Sand*...!

Herr Henker, auf Wiedersehen spätestens in einem Monat. Halten Sie sich bereit, lassen Sie das Messer vom Schmied wetzen, ich möchte nicht, daß es bei mir nicht klappte.

– Gott bewahre Sie vor mir, junger Mann!

– Wenn Frankreich seine seichten, im Sold des Auslands stehenden Schreiberlinge, seine seichten Verleumder seiner jungen Generation, seine *Kotzebues* hat...! So wird es auch seinen Rächer, seinen *Carl Sand* haben.

Ehre und Ruhm *Carl Sand!!!*

VI.

WEITERE UNGEHÖRIGKEIT

Passereau schreibt an Philogène. – Petition an die Kammer.–
Er schlägt die Errichtung einer Fabrik vor. – Vorteil, den
die Regierung von diesem Monopol hätte. – Ist Passereau
wahnsinnig geworden, oder ist er noch bei Verstand? –
Problem, das man lösen muß.

LAURENT, bringen Sie sofort diesen Brief zum Stadtpostamt; wird er noch vor fünf Uhr ankommen?

– Nein, Monsieur, es ist zu spät.

– Dann lassen sie ihn von einem Laufburschen austragen.

– *An Mademoiselle, Mademoiselle Philogène, rue de Ménilmontant.* – Ich habe einfach an Ihrem Ge‹ baren erraten, daß Sie verliebt sind, lieber Herr!

– Schlauberger . . .! Sehr verliebt. – So, und zu‹ gleich laß dieses Schreiben an das Unterhaus, ich meine die Abgeordnetenkammer, austragen, damit er beim Sekretariat abgegeben werde..

– Auch eilig?

– Sehr eilig.

Im ersten Brief forderte Passereau Philogène

auf, nach ihrem Diner nicht auszugehen, da er beabsichtige, sie gegen sechs Uhr abends zu besuchen.

Der andere war eine Petition an die Kammer, ungefähr folgenden Inhalts:

AN DIE HERREN ABGEORDNETEN,

Meine Herren,

wollen Sie es nicht als Unverschämtheit ansehen, wenn aus der Bilge des Kielraums ein kleiner Schiffsjunge wie ich so frei ist, ganz untertänig den erfahrenen Lenkern des Dreideckers der parlamentarischen Regierung einen Vorschlag zu unterbreiten.

Zu einem Zeitpunkt, da die Nation großen Mangel und der Staatsschatz an der Schwindsucht letzten Grades leidet, zu einem Zeitpunkt, da die liebwerten Steuerpflichtigen alles bis auf die Hosenträger verkauft haben, um die Steuern, Aufsteuern, Gegensteuern, Widersteuern, Übersteuern, Erzsteuern, Abgaben und Gegenabgaben, Auflagen und

Wiederauflagen, Kopfsteuern, Erzkopfsteu-
ern und Erpressungen zu bezahlen; zu einem
Zeitpunkt, da Ihre verschuldete Monarchie
und Ihr birnenförmiger Souverain nicht ein
noch aus wissen, ist es die Pflicht eines jeden
guten Bürgers, Hilfe zu leisten, sei es mittels
freiwilliger Spenden und Trinkgelder, sei es
mittels nützlicher Ratschläge. Da ich noch
nicht volljährig bin, kann ich nur durch
letzteres und einzig mögliches Mittel Ihnen
zu Hilfe eilen.

— Hilf dir selbst, dann hilft dir Gott. —

Ich möchte Ihnen also eine neue Abgabe
vorschlagen, welche die Nation nicht zu
Grunde richtet; eine neue Abgabe, die nicht
stärker auf den reinrassigen Hidalgos und
Erzbischöfen lastet als auf dem Pöbel. Eine
neue Abgabe, welche die Bevölkerung nicht
hindern wird, etwas aufs Brot zu tun, sofern
sie dieses hat; eine neue, sehr sittliche Abgabe, ein wahres Wunder an Abgabe, weder
auf Kosten der Spielhäuser noch der Glücks-
spiele noch des Talgs noch der Freudenmädchen noch des Tabaks, noch der Richter,
weder der Lebenden noch der Toten; kurz-

um, eine neue Abgabe, die nur auf die Le-
bensmüden spekuliert. Man muß, so weit es
eben nur geht, die Steuerlast auf Luxusdinge
legen.

Seit einigen Jahren ist der Selbstmord,
unseren Gebräuchen aufgepfropft, allgemein
gebräuchlich geworden: etliche Böswillige,
zweifelsohne Karlisten oder Republikaner,
haben seine rasche Zunahme den harten
Zeiten zugeschrieben. Was für Dummköpfe!
Ich sage vielmehr, daß der Selbstmord sehr
modisch geworden ist, beinahe so modisch
wie im dritten nachchristlichen Jahrhundert.
Wie das Duell ist der Selbstmord nicht mehr
vom Schmutze zu reinigen, anstelle ihn schier
verlustig gehen zu lassen, wäre es sinnvoller,
so scheint mir, daraus eine Milchkuh zu
machen und ein profitables Einkommen abzu-
melken.

In zwei Worten schlage ich also hiermit vor:
die Regierung möge in Paris und in allen
Hauptstädten der Départements eine weit-
läufig angelegte, von Wasser- oder Dampf-
kraft angetriebene Fabrik oder Maschine
errichten, um mit einem sanften und ange-

nehmen Verfahren, etwa nach Art der Guil‹
lotine, die des Lebens Überdrüssigen zu töten,
die Selbstmord begehen möchten. Da der
Körper und der Kopf in einen Korb ohne
Boden fallen und augenblicklich von der
Strömung des Flusses davongetragen werden,
würden die Unkosten von Leichenkarren
und Totengräber vermieden. In trockenen
Gegenden könnte man den Apparat dem
Prinzip einer Windmühle anpassen. Die Ma‹
schine würde vom örtlichen Henker über‹
wacht und betrieben, der da wohnt, wie der
Priester in seiner Gemeinde, ohne Erhöhung
der Einkünfte.

Alles in Rechnung gestellt und erwogen,
begehen täglich zehn Personen in jedem Dé‹
partement Selbstmord, was 3.650 pro Jahr
ausmacht und 3.360 in den Schaltjahren;
alles in allem für Frankreich im normalen
Jahr 302.950 Personen und 303.780 in den
anderen. Ich nehme einmal an, daß man als
regulären Preis, der zu entrichten wäre,
100 Francs ansetzt – denn man könnte für
Adlige besondere Kabinette einrichten, die
im Preis höher liegen, wie die Kapellen einer

Kathedrale für die Trauerzeremonien. –
302.950 zu 100 Francs pro Kopf ergeben
30.295.000; gewiß ein sehr verlockendes und
sehr ansehnliches Ergebnis, das die Staats‑
kasse beträchtlich entlastete. Diese Einrich‑
tung würde allen sozialen Erfordernissen
genügen, der allgemeinen Gesundheit, der
Gesittung, den Bedürfnissen des Staates:

1. der allgemeinen Gesundheit, weil die
Atemluft nicht mehr von den fauligen Mias‑
men, den pestilenzartigen Ausdünstungen
verdorben würde, die von den Leichen der
Selbstmörder ausgehen, die auf den Wegen
verstreut herumliegen und verwesen. Man
würde sich auf diese Weise vor dem Typhus
schützen. 2. sie wäre eine Annehmlichkeit,
denn die Bürger wären nicht weiter der Ge‑
fahr ausgesetzt, sich den Kopf an den Beinen
derjenigen zu verletzen, die sich in den Bäu‑
men von Alleen und öffentlichen Gärten er‑
hängt haben, noch auch durch den Sturz
derjenigen zerschmettert zu werden, die sich
aus den Fenstern werfen. 3. für die Selbst‑
mörder, denn sie besäßen die sichere Garantie
eines sanften und bequemen Gelingens ihrer

Bemühungen, und weil das Land ferner von abscheulichen Menschen verschont bliebe, die durch ungeschickte Versuche verstümmelt und entstellt wurden. 4. Die Gesittung würde dadurch gewinnen, vor allem weil das alles legal und unter größter Geheimhaltung erledigt würde; ferner, weil der Selbstmord, einmal zu einer industriellen, einer Angelegenheit der Bourgeoisie geworden, augenblicklich außer Gebrauch käme; zum Beweis die Schauspieler, die ständig weniger werden, seit sie die Bürgerrechte besitzen und nicht länger als Parias außerhalb der Gesellschaft und ihrer Gesetze stehen; 5. den Bedürfnissen des Staates, denn dieser würde beträchtliche Summen seinen durchlöcherten Kassen zuführen.

Die Zivilisation, meine Herren, – so sagt doch der beredte „Constitutionel", Ihr Blatt – *geht mit Riesenschritten voran*: und Frankreich ist, meine Herren, der Regimentstambour dieser Zivilisation mit Siebenmeilenstiefeln. Es liegt also an Frankreich, der Welt das Beispiel für die Initiative bei allen sozialen Verbesserungen zu geben, bei jeglichem

Fortschritt, bei allen philanthropischen Ein‹
richtungen; und es liegt an Ihnen, meine
Herren, den Repräsentanten dieses glorrei‹
chen Frankreichs, Ihnen, den Leuchten dieses
Jahrhunderts der Aufklärung – wie der
„Constitutionel", Ihr Blatt, sagt, – dieses
bedeutende Vorhaben großherzig anzuneh‹
men. Und indem Sie solches tun, werden Sie
Reichtümer in die Staatskasse und Freude
in die Herzen der Selbstmörder gießen, die
nicht mehr, wie ich heute noch, genötigt sein
werden, sich schändlich die Gedärme mit
einem Messer zu zerfleischen, das Gehirn
mit einer Büchse auseinanderzuspritzen oder,
schließlich, sich am Fensterriegel zu er‹
drosseln.

Ich habe die Ehre, meine Herren, mit aller
Achtung, die Ihnen zusteht,

Ihr sehr demütiger und ergebener
Bewunderer zu sein,
Passereau,
Student der Medizin, rue Saint‹Do‹
minique d'Enfer, 7.

Die für Petitionen zuständige Kommission wird

zweifelsohne über diese hier auf einer der nächsten Sitzungen Bericht erstatten. Es wäre überaus bedauerlich, wenn sie nicht weiter erwogen, und die Kammer zur Tagesordnung übergehen würde.

VII.

ACH, DAS IST ÜBEL

Besuch von Passereau bei Philogène. – Passereau verstellt sich
und spottet. – Sie machen einen Spaziergang im Sumpf.–
Passereau stößt wie durch Zufall auf das Haus seines Zieh¬
vaters und führt Philogène in einen wüsten Garten. – Gibt
es etwas Süßeres als die Einsamkeit? – Passereau macht
Andeutungen über seinen Verdacht, Philogène protestiert. –
Passereau verstellt sich und spottet. – Die Stunde des Ver¬
brechens naht, flehen wir zu Gott! – Unter den Linden –
beachten Sie, bitte, daß dies hier keineswegs ein Roman ist,
der Jean¬Jacques und Richardson noch übertrifft.

GENAU zur angegebenen Stunde kam
Passereau an. Als Mariette ihm die Tür
öffnete, rief sie überrascht aus:

– Was? Sie, mein schöner Student? Ach, obwohl
ich mich sehr freue, Sie zu sehen, hielt ich Sie
doch für einen Mann von Herz, und ich hoffte
sehr, Sie würden niemals mehr Ihren Fuß hierher¬
setzen; Sie lieben sie also über alles? Sie können
sich nicht von ihr losreißen?

– Ich hoffe zum mindesten, meine Freundin,
daß du ihr, was mich betrifft, nichts gesagt hast,

73

was sie im geringsten veranlaßt haben könnte, bei mir die leiseste Änderung ihr gegenüber zu vermuten?

– Nichts.

– Du hast ihr nicht gesagt, daß ich mich hier befand, als das Billet des Obersten ankam?

– Nein, das sollte ich ja nicht.

– Ist sie da?

– Ich sollte Ihnen nein sagen. – Mein Gott, mein Gott, daß Sie doch so wenig Ehrgefühl haben oder zu beklagen sind, daß Sie unglücklicherweise eine reine Liebe empfinden für eine ... Man täuscht Sie, und Sie wissen es wohl!

– Kennst du, wenn du mich so beschuldigst, den Schwur, den ich getan habe, weißt du, was ich im Herzen sinne und trachte ...? Heb dir deine Vorwürfe auf, Mariette!

– Treten Sie ein, sie ist in ihrem Boudoir.

Philogène war vom Essen aufgestanden und, auf ihrem Sofa ruhend, käute sie ihr Diner wieder, satt und dick wie eine Kuh, die zuviel Klee gefressen hat.

– Ach, da sind Sie ja, Herr Flattergeist, man wird Ihnen noch die Flügel stutzen! Seit drei Tagen hat Ihre Freundin Sie nicht gesehen!

74

– Sie machen mich mühelos zum Flattergeist, meine Liebe; wenn ich komme, niemand da; Madame ist beim Reiten, in der Stadt.

– Ist Reiten etwas Böses? Sie sehen so aus, als würden Sie mir deswegen Vorwürfe machen.

– Weit gefehlt.

– Nun denn, kommen Sie, daß ich Sie auf die Stirn küsse, daß Frieden geschlossen sei; kommen Sie doch! Der arme Freund, es kommt mir wie eine Ewigkeit vor, daß . . .!

– Sie lernen nicht nur das Reiten in der Manege, nicht wahr, Sie müssen auch theoretische Abhand‹ lungen haben?

– Ja, ich glaube, ich habe so eine . . .

– Bei welcher Volte sind Sie jetzt? Bei welcher Stellung?

– Warum duzt du mich heute nicht? Dies grobe *Sie* kränkt mich; es könnte scheinen, Sie sind verstimmt?

– Verstimmt? Weshalb denn?

– Was weiß ich . . .

– Bist du denn nicht immer dieselbe für mich? Bist du nicht immer gut, liebend, aufrichtig?

– Immer! Du würdest mich kränken, daran zu zweifeln.

75

– Ich sollte an dir zweifeln? Du kränkst mich deinerseits.

– Was bin ich glücklich, ich sehe, daß du mich noch immer liebst! Ich habe dich auch sehr lieb, mein Passereau!

– Wie könnte ich anders als dich nicht anzu= beten? Schön an Leib und Seele! Könnte ich je= mand meiner Liebe würdiger finden? Oh, gewiß nicht, weiß Gott!

– Du bist hochherzig, mein Liebster, deine Rede begeistert mich.

– Glücklich, überglücklich der junge, ehren= werte Mann, dem der Himmel wie mir eine reine und treue Frau schickt.

– Glücklich, überglücklich die reine Frau, welcher der Himmel einen vornehmen und lieben Freund schickt!

– Das Leben wird für sie beide einfach und leicht sein.

– Du lächelst verstohlen, Passereau?

– Siehst du nicht, daß es in einem Freuden= taumel geschieht? Du lachst, meine Schöne?

– Siehst du nicht, daß es aus Freude geschieht? Stoß mich doch nicht so zurück, mein Liebster; warum bist du heute kalt und düster in meiner

Nähe, du, der doch sonst so zärtlich war und
Zärtlichkeiten mochte.

– Was möchtest du denn, was soll ich tun?

– Ich verlange nichts, Passereau; aber ich kann
dich ja kaum umarmen! Wenn ich deine Lippen
berühre, weichst du zurück, und deine Augen
sehen mich so an und machen mir Angst! Bist du
krank, leidest du?

– Ja, ich leide . . .!

– Armer Freund! Möchtest du Tee haben?

– Nein, ich muß Luft schöpfen und mir die
Beine vertreten: gehen wir hinaus.

– Es ist dunkel, es ist sehr spät.

– Um so besser.

– Ich bin nicht so recht geneigt . . .

– Nun denn, wie du willst.

– Nein, nein! Sei nicht böse, ich werde dir
ganz zu willen sein.

Sie gingen hinaus. Passereau schleppte schweigsam seine Mätresse am Arm hinterher, wie ein
reumütiger Gatte seine Gemahlin nach dem Honig-
mond mit sich schleift.

– Aber warum willst du denn unbedingt hier
entlang gehen, auf diesen garstigen und einsamen

Wegen? Komm doch lieber auf den Boulevard Beaumarchais.

– Meine Liebe, ich brauche Einsamkeit und Dunkelheit.

– Was für eine Strecke läßt du mich in diesem Sumpf gehen? Der Chemin des Amandiers, der zum Friedhof führt, bringst du mich zu Grabe?

– Ich liebe die Stille dieser Gegenden sehr, wo ich meine Kindheit bei der Frau eines Gemüsehändlers verbracht habe, bei meiner Amme. – Sieh mal, da hinten rechts, siehst du diese Hütte? Das ist der Palast meines Ziehvaters. – Es sind schon mehrere Tage vergangen, daß ich diesem braven Manne nicht mehr die Hand gedrückt habe. – Wie das alles in mir heitere Erinnerungen weckt! Wenn es nicht so spät wäre, würde ich hineingehen, sie zu umarmen; aber diese guten Leute ohne Laster und Ehrgeiz gehen mit der Sonne schlafen und stehen mit ihr auf, im Gegensatz zu der Verderbtheit, die nach langen Nächten verlangt, die sie verkürzt und die, wie die Eule, sich am Tage verbirgt. – Da, sieh mal die schönen Gärten, die gut angelegten Gemüsegärten, das alles gehört ihnen. Da unten, siehst du, die Allee, da habe ich meine ersten Schritte getan. – Da ist

78

ein Feld, jetzt beinahe ganz verwildert; das gehörte einst einem jungen Bergmann. – Hier ist ein Durchgang in der Hecke, laß uns da hindurchtreten und ein Weilchen unter den Linden auf und ab gehen.

– Was für eine merkwürdige Idee! Hast du nicht Angst, daß man uns für nächtliche Einbrecher hält?

– Hab keine Angst, meine Freundin, hier ist niemand mehr wach. Im übrigen kennt mich hier die Nachbarschaft und auch der Eigentümer dieses Feldes, wo ich häufig in diesem Frühling zu einsamen Spaziergängen hingegangen bin.

– Wie dunkel es ist: wenn ich nicht bei dir wäre, Passereau, hätte ich Angst.

– Kindskopf!

– Wie leicht könnte man in dieser einsamen Gegend jemanden umbringen!

– Ja, nicht wahr?

– Wer würde einem zu Hilfe kommen? Man könnte hier lange schreien!

– Schreien, das wäre vergebliche Mühe.

– Passereau, gehen wir diese Himbeerallee entlang?

– Nein, nein, wandeln wir unter den Linden!

79

– Passereau, du läßt mich wie ein Maultier traben. Ich bin ganz erschöpft.

– Setzen wir uns. – Wüßtest du ein größeres Glück zu nennen, als in einer Einöde selbander zusammen zu sein, besonders des Nachts? Nichts in der Finsternis, die dich umgibt, vernehmen; nur Gestrüpp und Steine um sich haben; und in diesem tiefen Schweigen dem Klopfen eines Herzens zu lauschen, das dem Schlagen des eigenen antwortet, einem Herzen, das nur für dich schlägt! Inmitten dieser düsteren und gleichgültigen Natur ein Wesen in seine Arme zu schließen, das ganz entbrannt ist, für das man alle anderen vergessen hat, das dich mit den Küssen seines Mundes berauscht, der jedem anderen verboten und verschlossen ist! Das dich mit unwiderstehlichen Zärtlichkeiten in den Schlaf wiegt!

– Oh, mein Passereau, ich vergehe vor Begeisterung! Ich kannte ja noch gar nicht den Zauber der Stille dieser Felder; es ist das erste Mal, daß ich im Freien mit dem, den ich liebe, über die Liebe spreche. – Weißt du, wir haben uns immer eingeschlossen aufgehalten; oh, was ist das doch schöner als in vier Wänden!

– Mit welcher Freude werden wir dereinst,

einer dem anderen treu, wenn wir alt geworden und dem Grabe schon nahe sind, diese Nacht zu unseren schönsten Erinnerungen zählen; denn unsere Verbindung ist nicht die eines Ta⸗ ges nur.

– Vereinigung, Beständigkeit für's Leben!

– In Kürze wird mein Onkel, mein Vormund, mir meine Vermögensverhältnisse darlegen und mich mündig sprechen: sobald ich, meine Schöne, frei bin, werden wir vom Gesetz verlangen, daß es uns vereine; und wenn meine Verwandtschaft ankommt und nach deiner Aussteuer fragt, werde ich deine Tugenden aufzählen.

– Du machst mich überglücklich! Welch Groß⸗ herzigkeit gegenüber einer armen Frau, die dich nur lieben kann. – Ach, daß der Tag schon da wäre! Ich sehne mich danach, daß wir zusammen leben. – Liebkose mich nicht so, Passereau, ich sterbe, du bringst mich ja um!

– Dich umzubringen, schöne Mörderin! Das wäre jammerschade.

– Ja, denn es ist selten, eine Frau, die euch um eurer selbst willen liebt, ganz allein.

– Wie du, nicht wahr?

– Schone meine Bescheidenheit.

– Denn das ist selten, eine so aufrichtige, schlichte und treue Frau wie du.

– Du machst mich erröten.

– Sieh dich vor, man errötet nur aus Scham oder Schande!

– Mein Gott, was bist du heute abend unwirsch zu mir; was für eine verletzende Höflichkeit, was für eine Zurückhaltung! – Wenn ich dich umꞌ arme oder dich liebkose, tust du, als berührte ich dich mit einem Brenneisen, dich schaudert. – Vielleicht hast du etwas gegen mich? Habe ich dich gar verletzt, habe ich dein Mißfallen erregt, mein Liebster? Du mußt reden, du mußt sagen, was du auf dem Herzen hast; erzähle mir deinen Kummer; ich bin deine Freundin, du darfst vor mir nichts verbergen, ich werde dich trösten.

– Gift und Gegengift, alles auf einmal!

– Was willst du damit sagen! – Siehst du, du verstellst dich vor mir; ich mache dir Kummer, ich quäle dich. – Mein Gott, welch Rätsel! Sprich doch, sprich doch, ich bitte dich! Sag mir meine Verfehlung, ich werde sie wiedergutmachen, und wenn ich dabei sterben sollte! – Bist du mir böse;

– Hat man mich verleumdet, es gibt ja so böse Menschen...!

– Ja, es stimmt, meine Freundin, ich schenke
dem zwar durchaus keinen Glauben, aber man
hat dich verleumdet. Böse Menschen haben dich
angeschwärzt, sie haben gesagt, daß du mich
täuschst, daß du mir mit Vergnügen untreu bist.
Aber ich versichere dich, daß ich das überhaupt
nicht glaube, das ist eine infame Lüge!
– Sehr infam...! Du mußt sehr wenig Vertrauen zu mir haben, mich ganz gering schätzen,
wenn ein paar Worte, die man ausstreut, dich
so sehr und so plötzlich mir gegenüber ver-
ändern und dich in eine solche Mißstimmung
stürzen.
– Man hat mir gesagt, du seist flatterhaft, aber
ich versichere dich, daß mich das nicht beküm-
mert.
– Das ist großmütig deinerseits! Wenn man zu
mir käme, um mir die zutreffendsten wie auch
die schändlichsten Berichte über dich zuzutragen,
würde ich sie mir nicht einmal anhören. Du hast
kein Vertrauen zu mir, Passereau!
– Doch, ja, meine Schöne, ich weiß dich zu
würdigen.
– Ich, deine Freundin, sollte dich täuschen, niemals! Denn ich liebe dich, ich liebe dich über

alles, Passereau! Du bist mein Gott! Wir sind durch einen Schwur aneinander gebunden, der heiliger noch ist als alle je vor Menschen gemachten Schwüre; und ich sollte diesen Schwur brechen, ich?! Kannst du das glauben, Passereau? Undankbarer, ungerechter Mensch, du beleidigst mich! – Was habe ich dir bloß getan? Wer hat mich in deinen Augen herabsetzen können? Ich bin eine ehrbare Frau, Passereau, nimm das zur Kenntnis! Aber welcher bösartige Mensch hat mich der Liederlichkeit bezichtigen können...! Ich, so klösterlich eingeschlossen und zurückgezogen, wo ich mir doch nur die Freiheit nehme, die du mir großzügig läßt; nein, nein Passereau, glaub mir, ich bin deiner würdig, ich bin unschuldig! Ich rufe den Himmel zum Zeugen! Und mit meinem reinen Gewissen werde ich mich auch nicht bemühen, diese schmutzige Verleumdung zu widerlegen. – Wenn du wüßtest, wie sehr ich dich liebe, wenn du doch das Ausmaß meiner Liebe zu dir verstündest. Ich liebe dich so! Ich liebe dich so! Bevor ich meine Pflicht und Treue verriete, bevor ich dich verriete, würde ich mich umbringen.

– Ja! Lieber Tod als Schande!

– Oh, du erschreckst mich, sieh mich doch

84

nicht so an. Deine Augen rollen im Dunkeln wie die eines Tigers.

– Meine Gute, willst du mit mir kommen, ich möchte so gern eine Reise machen? Paris ödet mich an.

– Wann denn?

– So bald es geht. Reisen wir morgen ab, wenn du willst. Fahren wir nach Genf.

– Morgen, Sonntag? Da kann ich nicht.

– Warum, wer hält dich?

– Nichts, nur habe ich versprochen, bei Verwandten zum Diner zu kommen, und wenn ich ausbliebe, würden sie mir das verübeln.

– Dann fahren wir Montag ab, oder im Laufe der Woche.

– Nein, mein Freund, ich bin untröstlich, aber da kann ich auch nicht; da habe ich Verwandten versprochen, einige Tage bei ihnen in der Nähe von Paris zu verbringen. Ich könnte mich bei ihnen nur mit irgendwelchen Ausreden entschuldigen.

– Du möchtest nicht.

– Ich kann nicht. – Mein lieber Passereau, deine Züge werden fürchterlich! Was drückst du mir den Hals denn so? Du schlägst mich, du tust mir weh!

– Entschuldige, verzeih, ich vergaß mich! Das sind nur krampfhafte Zuckungen. Ich leide, ich habe Durst!

– Laß uns nach Hause zurückkehren, ich bitte dich. – Wenn du in Ohnmacht fällst, was sollte ich hier mit dir tun? – In was für eine Verlegenheit geriete ich!

– Sieh, liebe Freundin, um meinen Durst zu löschen, willst du mir, bevor wir aufbrechen, ein paar Früchte pflücken an diesem Spalier, das dort die Mauer bedeckt, da unten am Ende dieser HimbeerAllee, du würdest mir eine große Freude machen.

– Mein Gott, Passereau, wie du zitterst, wenn du mit mir sprichst; du leidest so sehr?

– Ja . . .!

– Diese Allee hier?

– Ja, geh nur geradeaus und hab keine Angst.

Kaum hatte Philogène einige Schritte getan, als sie im Dunkeln verschwunden war. – Passereau streckte sich der Länge nach aus, das Ohr an den Boden gepreßt und in fürchterlicher Ungeduld.

Plötzlich stieß Philogène einen herzzerreißenden Schrei aus, und man vernahm ein dumpfes Geräusch wie von einem menschlichen Körper, der herabstürzt, ein gewaltiges Rauschen von auf

wallendem Wasser und ein Wimmern, das von
unter der Erde herzukommen schien.

Da erhob sich Passereau, zuckend wie ein
Dämon und rannte mit großen Schritten in die
Himbeer-Allee.

In dem Maße, wie er näherkam, wurden die
Rufe deutlicher.

– Hilfe! Hilfe!

Jäh hält er an, kniet nieder und beugt sich über
einen großen Brunnen zu ebener Erde.

Tief unten war das Wasser aufgewühlt; von
Zeit zu Zeit tauchte etwas Weißes an seiner Oberfläche auf, und schwache Klagelaute drangen
empor.

– Hilfe, Hilfe, Passereau, ich ertrinke!

Niedergekauert, schweigend lauschte er, ohne
zu antworten, wie man auf einem Balkon sitzt
und einer fernen Melodie lauscht.

Das Wimmern hörte nach und nach auf.

Da schrie Passereau mit mächtiger Stimme, die
noch durch das Echo des Brunnenschachts ver-
stärkt wurde:

– Hilfe möchtest du, meine Schöne? Gut, warte;
ich gehe und bestelle dem Oberst Vogtland, er
solle dir einen Aretino bringen!

Philogène antwortete mit einem schrecklich keuchenden Klagelaut.

Sie trieb noch auf der Oberfläche, wobei sie mit ihren Fingernägeln die brüchige Brunnenwand zerkratzte.

Da brach Passereau mit großer Anstrengung die zersprungenen Steine des Brunnenrandes los und ließ sie, einen nach dem anderen, auf sie herab= fallen.

Alles wurde wieder ganz still, und er lief düster, wie eine leichenhafte Vision die ganze Nacht unter den Linden auf und ab.

VIII.

SEHR NATÜRLICHES ENDE

Ein Kapitel, das überflüssig erscheinen mag und auf das der
Leser verzichten könnte; wenn ich von dem Leser spreche,
äußere ich eine Vermutung, denn es wäre anmaßend von
mir zu meinen, ich könnte überhaupt einen haben, und sei
es auch ein Russe. Aber ohne es wäre die Geschichte un≀
moralisch geworden; das Verbrechen muß stets seine
Bestrafung erfahren.

DER kleine rote Mann hatte halb sechs
an der großen Uhr des Tuilerien≀
Schlosses geläutet, denn der kleine rote
Mann war vor kurzem mit dem neuen Bewohner
und seinem *Maurer≀Herren* wieder aufgetaucht.

Passereau ging unter den Kastanienbäumen auf
und ab; um die Zeit totzuschlagen, hatte er zwei
oder drei dicke, sehr unbekömmliche Journale
verschlungen. Unser schöner Student langweilte
sich beträchtlich an diesem verdammten Ort,
ständig von gewissen Schismatikern angesprochen
und genötigt, die Liebeserklärungen dieser Ein≀
wohner von Gomorra über sich ergehen zu lassen.
Schließlich sah er einen Mann zum Sockel des

89

marmornen Wildschweins eilen, diesen wieder und
wieder umkreisen, wobei er den Hals reckte und
nach allen Seiten mit verdrießlicher und verdutzter
Miene Umschau hielt.

Dieser Jemand, groß und dick, in einen blauen
Überrock gehüllt und mit einem unbedeutenden
Gesicht, das durch einen enormen Schnurrbart in
zwei Teile geteilt war, trug Sporen, die er unge‹
duldig klirren ließ, und eine lange Reitgerte, mit
der er sich die Schienbeine hätschelte. Nachdem
Passereau ihn einen Augenblick betrachtet und
wie ein zum Verkauf stehendes Pferd abgeschätzt
hatte, trat er auf ihn zu und begrüßte ihn.

– Erwarten Sie jemanden, mein Herr?

– Was geht Sie das an, junger Mann.

– Es geht mich sehr viel an.

– Sie üben einen wenig ehrenhaften Beruf aus,
mein Herr, glauben Sie, ich hätte nicht bemerkt,
wie Sie mich eben beschattet haben?

– Sie erwarten eine Frau, nicht wahr?

– Nein, mein Herr, einen Hermaphroditen.

– Sie spielen zur Unzeit den Gigerl.

– Hänfling!

– Es stimmt, mein Herr, daß meine Beleibtheit
der Ihren nicht gleichkommt, und auf der Waage

eines Schlachters würden Sie mehr wiegen als ich: aber Ihre grobe Stimme und Ihre starken Knochen schrecken mich nicht. Glauben Sie mir, die einzige Macht ist die der Intelligenz, und um Ihre, mein Herr, scheint es mir doch recht schlecht bestellt zu sein.

– Was für ein liebenswürdiges Geplapper.

– Geben Sie es doch zu, es ist nichts Schändliches dabei, Sie warten auf ein Mädchen, Mademoiselle Philogène, doch Sie warten vergebens, sie wird, wenn anders nicht ein Wunder geschieht, nicht erscheinen, und die Wunder sind aus der Mode gekommen, das versichere ich Ihnen auf Ehre und Gewissen.

– Auf jeden Fall sind nicht Sie es, die sie daran hinderte.

– Beschwören Sie nichts, Herr Oberst Vogtland.

– Wer hat Ihnen meinen Namen genannt? Ver‚ dammte Zucht! Das verstehe ich nicht.

– Sie rechneten damit, nur ein Wildschwein aus Marmor vorzufinden, nun treffen Sie auf zwei, von denen eines lebt und bereit ist, sich mit Ihnen auf ehrenwerte Weise zu bekriegen!

– Nein, mein Herr, ich finde nur ein Wild‚ schwein und ein Schwein vor.

– Sie überlassen mir die Wahl der Waffen.

– Sogar Sie haben ein Ehrgefühl? Alles geht drunter und drüber. Sie spielen Soldat; mein Junge, Sie wollen renommieren. Da treffen Sie es schlecht und gut bei mir, Sie werden eine derbe Lehre bei mir durchmachen!

– Schluß jetzt mit diesem gönnerhaften Ton! Sie tun mir leid, Haudegen, der Sie sind!

– Verdammte Zucht, der Bengel ist wider-spenstig.

– Kommen Sie mir nicht zu nahe, Herr Muskete, Sie stinken nach Pferdestall!

– Hänfling! Wenn ich mich nicht mit aller Ge-walt zusammenrisse, würde ich dich mit dem Stiefel maulschellen.

– Sehen Sie mich genau an, denken Sie, ich zitterte? Ein Mann ist soviel wert wie der andere; wissen Sie nicht, was der Wille vermag? Ihr Kaiser, dessen Füße Sie schaudernd küssten, reichte Ihnen, wie ich, bis zum Nabel! – Oh, die Zeit ist vorbei, da der Haudegen den Vorrang in der Welt hatte und den Bürger ohrfeigen konnte, da man seine Pfeife vor einem Rekruten, der Schildwache steht, wegsteckte. – Sie werden sich mit mir duellieren!

– Sie wollen es so, ich werde mich duellieren;

das heißt, genau genommen, ich werde Sie töten.

– Wer weiß? Es sind die schlechten Barbiere, die Schrammen ins Gesicht setzen. – Auf morgen früh; welche Gegend? Boulogne oder Montmartre?

– Montmartre.

– Welche Uhrzeit?

– Wie Sie wünschen.

– Acht Uhr.

– Bitte sehr. – Wiewohl jeder Mann so viel gilt der andere, wie Sie eben so überaus elegant sagten, liebe ich nicht die Namenlosen; wäre es wohl möglich zu erfahren, wer Sie sind?

– Passereau.

– Was sind Sie?

– Student.

– Verdammte Zucht! Der magere Sold!

– Müßten wir uns nicht auf Leben und Tod duellieren, brächte ich mein chirurgisches Besteck mit und würde Ihnen meine Dienste beim Ver‚ binden Ihrer Wunden anbieten; sollten Sie in‚ dessen wünschen, daß ich Sie nach Ihrem Tod öffne und einbalsamiere, betrachten Sie mich, bitte, ehrenhalber als Ihren ergebenen Diener.

– Sie sind Arzt? Dann sind wir Kollegen.

– Das bin ich für viele Leute.

– Monsieur ist Medicus?

– Monsieur ist Miltiaricus?

– Aber, verdammte Zucht! Kommt sie denn nicht, die Mamsell?

– Ich glaube kaum.

– Vielleicht hatte ich Unrecht, als ich mich so rasch hinreißen ließ? Vielleicht sind Sie von Philogène geschickt worden, um mich zu benach‹ richtigen, daß sie sich zum Rendez‹vous nicht einfinden kann? Vielleicht ist Sie krank?

– Sehr krank.

– Vielleicht sind Sie ihr Arzt?

– Ja! Ihr Arzt.

– Ich bitte Sie tausendmal um Entschuldigung, daß ich Sie so übel behandelt habe, ich wußte nicht . . .

– Morgen früh, um acht Uhr, Montmartre!

– Aber, um Gottes willen, sagen Sie mir doch, wie es ihr geht! Was ist ihr zugestoßen? Ist sie in großer Gefahr?

– Welche Waffe wollen wir wählen?

– Ich flehe Sie an, antworten Sie mir, Sie sind grausam, Sie, ihr Arzt! Wegen einer Beleidigung, die unbeabsichtigt geschehen ist, wegen einer Be‹ leidigung, für die ich Sie um Verzeihung bitte;

94

antworten Sie mir, schwebt sie in Lebensgefahr?
Liegt sie im Koma? Damit ich eile ... Antworten
Sie mir doch! Wenn Sie wüßten, wie sehr ich sie
liebe ...!

– Wenn Sie wüßten, wie sehr ich von ihr ge,
liebt werde.

– Sie ist meine Mätresse!

– Sie ist meine Mätresse!

– Sie, Philogène?

– Sie, Philogène!

– Verdammte Zucht!

– Himmeldonnerwetter!

– Ich bin bestürzt ...!

– Ich bin höchlich verwundert ...! Da ich Sie
nun von Ihrem netten Kücken vertrieben habe,
komme ich an seiner Statt, um Sie zu fragen, mit
welchem Recht Sie sich in meine Liebesaffären
einmischen, nun, da sie seit drei Monaten meine
einzige Freundin, mein eigen ist?

– Sagen Sie mir zuerst, mit welchem Recht Sie
sich in meine Liebesaffären einmischen, wo ich
seit zwei Jahren sie unterhalte ...

– Was? Sie haben sie unterhalten?

– Jawohl! Mit hübschen, guten, gültigen Gold,
stücken.

– Ach, die infame ...! Ich tat recht ...!

– Was haben Sie getan?

– Nichts.

– Schwören Sie mir, denn ich muß wissen, woran ich bin, daß Sie seit drei Monaten ihr glücklicher Liebhaber sind.

– Ich schwöre es bei Gott ...! Doch schwören auch Sie mir, daß Sie seit zwei Jahren sie glücklich unterhalten.

– Ich schwöre es bei Martin Luther!

– Verleumdung!

– Sie lügen!

– Ich behaupte nicht, daß Sie nicht den Sturm‍angriff versucht haben, aber Sie sind abgewiesen worden.

– Ich wiederum behaupte nicht, daß Sie nicht eine Bresche geschlagen haben, aber Sie sind mit Ihren Ausgaben für die Belagerung nicht auf Ihre Kosten gekommen.

– Welche Waffe wollen wir nun wirklich wählen?

– Sie wollen sich also wirklich schlagen? Be‍stimmt, um sich für ihre unbeugsame Haltung zu rächen!

– Nein, für ihre Gunstbezeugungen.

– Angeber!

– Gigerl! – Sie glauben also, daß man mir aus meinen Armen ungestraft eine Geliebte entreißen kann? Oh, Sie täuschen sich gewaltig, Sie verspäteter schmachtender Liebhaber! Sie wollten gern Unkraut auf meinem Acker säen. – Sie wollten wohl sicherlich Liebe gegen Geld erbetteln. – Diese Frau gehört mir, ich werde sie hüten, ich will sie, ich brauche sie, ich werde sie gegen jeden Angriff verteidigen, ich werde sie festhalten! Tod jedwedem, der, wie Sie, auf meinem Terrain wildern will! – Sie werden sich schlagen, Herr Oberst!

– Ich werde Sie töten.

– Wir kennen Ihre traurige Berühmtheit. Doch da ich mit dem Degen nicht umzugehen weiß und im übrigen noch kurzsichtig bin und mit der Pistole nicht schießen kann, möchte ich Sie bitten, die Entscheidung dem Zufall zu überlassen!

– Wie Sie wünschen: um so mehr, als ich den Mord nicht schätze, und das würde Ihre Ermordung bedeuten: wie mutig Sie auch sein mögen, der Kampf wäre ungleich; was könnten Sie ausrichten gegen eine unfehlbare Fertigkeit? – Der Zufall allein vermag die Chancen auszugleichen, ich unterwerfe mich dem Zufall. – Doch überlegen Sie gut, lieber Freund, es mißfällt mir,

97

wegen eines nichtigen Anlasses auf den Kampf-
platz zu gehen: ich sage Ihnen ausdrücklich, daß
ich keinerlei wilde Rachegelüste hege; ich hasse
Sie keineswegs, und wenn Sie mir einfach ver-
sichern würden, daß Sie für immer jegliches
Liebeswerben um Philogène einstellen und nicht
weiter mein Eigentum behelligen, dann verlasse
ich mich auf Ihr Ehrenwort, denn ich sehe ja, daß
Sie ein ehrenwerter Mann sind, wie versprochen,
so gehalten: einverstanden?
– Sie spaßen wohl? – Niemals! Wir sind zwei
Reiter für eine Stute; sie mag dem gehören, der
überlebt.
– Hinterher beklagen Sie sich bloß nicht bei
mir; genau wie Sie werde ich einen unbeugsamen
Willen zeigen, und flehen Sie nicht um Gnade und
Erbarmen, ich werde fürchterlich sein.
– Sie mag dem gehören, der überlebt! Wollen
wir Russisch Roulette spielen, die eine Pistole ge-
laden, die andere nicht?
– Das mag ich nicht.
– Münze: Zahl oder Revers?
– Das ist zu pennälerhaft.
– Kennen Sie irgendein Spiel?
– Nein!

– Ich auch nicht, also stehen die Chancen gleich, spielen wir um unser Leben.

– Bravo! Aber wie?

– Dame oder Domino?

– Gut. Gehen wir in ein Café.

– Nein, morgen.

– Morgen, morgen! Solch Angelegenheit soll man niemals verschieben.

– Ich muß jetzt zu Mittag essen.

– Ich kann Sie jetzt so nicht gehen lassen, ich folge Ihnen auf den Fersen. Sie würden Philogène mißhandeln. Beenden wir augenblicklich den Streit.

– Ich muß jetzt zu Mittag essen.

– Dann gehen wir essen, wo speisen Sie? Ich begleite Sie.

– Im nächsten Restaurant, da, an der Ecke rue Castiglione. Darf ich Sie einladen?

– Danke, lieber getrennte Kasse.

Darauf begeben sich zur rue de Rivoli unser Student und unser Soldat, oder unser Soldat und unser Student, ich überlasse jedem die Möglichkeit, den Vortritt, je nach Geschmack und Vorliebe, zu gewähren, wie's ihn gut dünkt.

Hat man je schon ein besser zueinander pas-

sendes Ehepaar in ein Restaurant eintreten sehen,
um *Gelage und Geschwelge* zu veranstalten? Ein
Dicker mit groben Knochen, von hyperbolischer
Gestalt – der, Gott sei gelobt! – dem verstorbenen
Mathias Lemsberg als Observatorium hätte dienen
können, – einer, der mit dem Degen metzelt; das
ist der eine der beiden Gatten. – Ein kleiner Fratz,
kindlich und hübsch, der einen charmanten Arzt
für die Damen hätte abgeben können, einer, der
mit Broussais tötet; das ist der andere Gatte.

Wie für ein vergnügliches Schäferstündchen
schließen sie sich in einen ganz speziellen Raum
ein, ich bin sicher, dem Kellner kamen deshalb
schmutzige Gedanken in den Sinn. Was uns zeigt,
daß man sich nicht bei Äußerlichkeiten aufhalten
darf. Hüten wir uns vor raschem Urteil, es ist,
wie sich in diesem Falle erweist, so einfach, Leute,
die sich umbringen werden, für solche zu halten,
die sich umarmen.

– Diese Mahlzeit wird für einen von uns beiden
die letzte sein, die Heilige Wegzehrung, sagt nun
Passereau; es schickt sich, daß sie reichlich aus-
falle ohne irgendwelche Rücksicht auf die Ge-
setzesbestimmungen gegen die Verschwendung
des verblichenen sehr standhaften Königs Heinrich

des Zweiten, die dieser zweifelsohne oftmalig überschritt zu Ehren der Madame Diane und die wir mit größerem Recht noch verletzen dürfen zu Ehren der Madame mit der Sense.

– Ich verstehe, Sie wollen, wie wir beim Militär sagen, ein *gediegenes Muffeln* veranstalten, was mir sehr gut zupass kommt: topp! es gilt! – Sie wollen, um sich auf den großen Auftritt, der dann folgt, vorzubereiten, um sich festen Mut und Kühnheit zu verschaffen, das Gehirn vollsalpetern, das ist ganz pfiffig! Ganz so, wie ich es bei meinem ersten Feldzug gemacht habe; wenn der Tag brenzlig zu werden versprach, konsolidierte ich mich mit innerem Schutz und Schirm mittels Champagner.

– Nein, nicht deshalb, denn ich bin entschlossen, nicht mehr weiterzuleben; ich wäre sogar verdrossen, sollte es dazu kommen, daß ich gewinne.

– Ich gleichfalls.

– Und ich möchte Sie bitten, wenn die Angelegenheit zu Ihren Gunsten ausgeht, mir keinerlei Artigkeiten zu erweisen, sondern mich ohne Bedenken umzubringen.

– Mich gleichfalls. – Denn, um es Ihnen offen zu gestehen, das Leben fängt an, mir von der

Konstitution her lästig zu sein. Ein Soldat ohne Krieg — das ist die größte Trostlosigkeit; das ist wie ein Arzt ohne Epidemien; wie ein Coitier unter Ludwig XI.

— Wollen Sie, bitte, uns diesen Barbarismus ersparen und das c beim Meister Coictier lassen.

— Coictier! Oha, das ist mal ein Beispiel von Barbarismus! Mein lieber junger Freund, man muß schon eine Schnauze aus Weißblech haben, um diesen Namen dermaßen grausam gallisch auszusprechen; im übrigen sagt Casimir Delavigne überall in seiner Tragödie in fünf Akten in französischen Versen Coitier.

— Eine schöne Autorität ist Ihr Reimeschmied aus Le Havre.

— Rotznase! — Schweigen Sie, Sie beleidigen mich in der Person dieses geliebten Säuglings von neun Schwestern, neun Musen, der Pieriden! O je! Um der Ehre des Korps willen wurde es Zeit, daß der Soldat seinen Schmaus beendete; seine weitschweifige und zungenfertige Konversation wurde beinahe ebenso klar wie bei Victor Cousin, beinahe ebenso gelehrt wie bei Raoul Rochette, beinahe ebenso chinesisch wie bei Rémusat, beinahe ebenso englisch wie bei Guizot, beinahe ebenso chronologisch wie bei Roger de Beauvoir, beinahe ebenso künstlerisch wie bei de Lecluse, und was die Unmoral in Seidenstrümpfen betrifft, so war sie die reinste Scribulerei.

Er hatte sich ganz unmäßig den Wanst gestopft, wie die Handwerker sagen.

Tatsache ist, daß er eine wahrhaft akademische Begabung besaß – und außer dem Volksvertreter hätten wohl nur die Kamele mit irgendwelchen Erfolgsaussichten mit ihm in die Schranken treten können; und in dem Zustand, in dem er sich befand, hätte er ohne Gefahr die Durchquerung der Wüste unternehmen können; ich sage nicht, der Sahara, weil ich den Pleonasmus hasse. Dies ist eine Posse zu Nutz und Frommen der Asiatischen Gesellschaft von Paris; es ist ratsam, wenn man orientalische Scherze treibt, diese im Voraus zu benachrichtigen; es ist ratsam, bei einem derartigen Publikum auf komische Stellen vorher aufmerksam zu machen.

In einer Ecke des Raumes, den sie den Friedhof nannten, hatten der Medicus und der Militaricus die verblichenen Flaschen aufgetürmt, und Gott weiß, wie ansteckend die Sterblichkeit war.

Da sind sie! Da sind sie! Durch die Straßen,

die Gäßchen, die Durchgänge, über Plätze, Kreu⸗
zungen, von Droschken und Passanten bedrängt;
da sind sie! da sind sie! Durch den Schlamm,
über das Pflaster, den Kehrricht, die Bordstein⸗
kanten, die Rinnsteine, an den Freudenmädchen
vorbei, da sind sie! Wie sie herumalbern, unsere
zwei Mannsbilder! Da sind sie! Da gehen sie hin,
Gevatter und Gefolgsmann, und wie ein Stein⸗
setzer oder ein Mitglied der Akademie sagen und
eine gelehrte Zitierung anbringen würde, da gehen
sie hin wie *Orchester und Pilaster.*

– A propos Orestes und Pylades, möchten Sie
gern ein Rezept für ein höchst erfolgreiches
Vaudeville⸗Lustspiel?

1º muß wenigstens dreizehn Mal von diesen
beiden klassischen Freundes die Rede sein; 2º min⸗
destens einmal von Akupunktur; 3º mindestens
dreimal von der französischen Ehre und von Na⸗
poléon; 4º nicht zu vergessen zwei oder drei
Dämlichkeiten über die Romantiker, und vor
allem darf nicht versäumt werden, ihnen Äuße⸗
rungen in den Mund zu legen, der Art, daß Jean
Racine ein Witzbold gewesen, und sie geistreiche
Bemerkungen über diese Lumpen von Goethe
und Scheck's–Bier machen zu lassen; 5º Molière

und Corneille erheben, die man vor allem nicht gelesen haben darf, um sich daraus einen Mantel anzufertigen, mit dessen Hilfe man durch die Eingangskontrolle kommt, wie bei jenen Kälbern, die man einschmuggelt, indem man sie in ein Hemd steckt und ihnen eine Mütze aufsetzt. Das Ganze im Französisch von Monsieur Drouineau und in Endreimen des alten Marquis de Cha⸗ bannes; wenn ich den Marquis de Chabannes erwähne, so deshalb, weil ich weiß, daß er kein Raufbold ist, und da ich das Duell nicht mag, was nicht heißen soll, daß ich nicht gern speise, gebe ich die allerungefährlichste Person ab, und niemals werde ich, so wie Boileau, die Kühnheit so weit treiben und eine Katze eine Katze nennen.

Im Café de la Régence angekommen, bestellen sie sofort ein Domino⸗Spiel – nun ist der schick⸗ salsschwere Augenblick gekommen! – Gott wird, da es keinen Zufall gibt, auch nicht beim Do⸗ minospiel, in seiner Weisheit entscheiden, wer von den beiden sterben muß, der Medicus oder der Militaricus.

Vogtland war bald dünkelhaft wie ein Exerzier⸗ meister, bald gern gesprächig.

– Doppel⸗Sechs, zwölf, 1812, genau das Jahr,

wo ich günstigerweise meinen verehrten Vater verlor.

– Keine Albernheiten, Oberst, spielen Sie ernst‹ haft, knurrte Passereau, und vor allem setzen Sie die Dominosteine nicht verkehrt herum.

Unser Student war verträumt und in sich ge‹ kehrt und hatte sich kugelförmig zusammen‹ gezogen, wie ein gewisser zeitgenössischer Dich‹ ter, oder wie ein kleines indisches Ferkel, das friert.

Ein Kreis von Bürgern umringte ihren Tisch und sah interessiert ihrem Spiel zu. Wenn diese braven Leute hätten ahnen können, was sich hier entschied, wären sie sicherlich fürchterlich er‹ schrocken und hätten ihren Regenschirm oder den des Nachbarn genommen und wären eilends von dannen geflohen, sofern sie nicht an der Was‹ sersucht oder dem Podagra litten.

Vogtland, als ein pflichtbewußter Kumpan, der alles literweise trinkt, schluckte, wie auf einer Sauftour zufällig in ein Café geraten, gerade sein siebzehntes Tässchen Kaffee, als die Partie zu seinen Gunsten ausging.

Bei diesem Ergebnis lächelte Passereau liebens‹ würdig.

– Nun denn, gehen wir gleich, sagte er, ich habe es eilig.

– Welchen Tod bevorzugen Sie?

– Schießen Sie mir eine Kugel in den Kopf!

– Gut. Ich werde zur rue de Rohan in meine Wohnung gehen und meine Pistolen holen. Gehen Sie nur langsam vor, ich werde Sie einholen; wohin gehen wir, zu den Champs Elysées?

Vogtland erschien bald wieder; schweigsam gingen sie die große Allee hinunter und ließen die Barrière de l'Étoile hinter sich. Einige Häuser hinter der Taverne des Neapolitaners Graziano, bei dem man ganz ausgezeichnet Maccheroni ißt, bogen sie von der Straße ab und gingen zu den Wiesen, die unterhalb der Chaussee liegen – es war vollständig finster geworden.

Nachdem sie einige Zeit an einer Einfassungsʃmauer entlanggelaufen waren, sagte Passereau:

– Bleiben wir hier, mir scheint, hier haben wir es gut getroffen.

– Finden Sie?

– Ja!

– Sind Sie bereit?

– Ja, Monsieur, laden Sie, vor allem keine

Weichlichkeit, Sie wären ein Feigling, würden
Sie in die Luft schießen.

– Seien Sie unbesorgt, ich werde Sie nicht ver⸗
fehlen.

– Zielen Sie auf meinen Kopf und mein Herz,
bitte!

– Bitte sehr, gern! Doch lehnen Sie sich an die
Mauer an, damit Sie nicht zurückweichen, und
zählen Sie eins, zwei, drei; bei drei werde ich
schießen.

– Eins, zwei – Moment, wir haben unser Leben
wegen einer Frau aufs Spiel gesetzt?

– Ja!

– Sie gehört dem, der überlebt?

– Ja!

– Hören Sie gut zu, was ich Ihnen sagen werde,
und tun Sie es, ich bitte Sie: der Wunsch eines
Todgeweihten ist heilig.

– Ich werde es tun!

– Morgen früh gehen Sie zur rue des Aman⸗
diers⸗Popincourt; an ihrem Anfang, rechts, werden
Sie ein Feld sehen, an dessen Ende eine Linden⸗
allee steht und das von einer Mauer aus Tier⸗
knochen und Hecken umgeben ist. Sie treten
durch die Hecke, und dann gehen Sie eine lange

Allee von Himbeersträuchern hinunter, und am Ende dieser Allee werden Sie auf einen Brunnen zu ebener Erde stoßen.

– Und dann?

– Und dann beugen Sie sich hinab und blicken nach unten. Jetzt tun Sie Ihre Pflicht, hier ist das Zeichen – eins, zwei, drei . . .!

DIESES BUCH WURDE IM HERBST NEUN‚
ZEHNHUNDERTNEUNZIG VON DER
DRUCKEREI DER EDITION SIRENE IN
BERLIN HERGESTELLT. GESETZT WURDE
ES AUS DER KORPUS PASTONCHI [MONO‚
TYPE]. GEDRUCKT WURDEN EINHUNDERT
EXEMPLARE AUF ZERKALL‚BÜTTEN UND
SIEBENHUNDERT EXEMPLARE AUF WERK‚
DRUCKPAPIER.

NUMMER

245

ISBN 3-924095-46-9